Auf Männerjagd

Band 2 der *Bridget*-Serie

Erotischer Roman

T. D. Rosari

AF176223

T. D. Rosari

Auf Männerjagd

Erotischer Roman

Impressum

Bibliografische Information der Deutschen
Nationalbibliothek:
Die Deutsche Nationalbibliothek verzeichnet diese
Publikation in der Deutschen Nationalbibliografie;
detaillierte bibliografische Daten sind im Internet über
http://dnb.dnb.de abrufbar.

© 2022 T. D. Rosari

Herstellung und Verlag: BoD – Books on Demand,
Norderstedt

ISBN: 978-3-7568-1126-7

KAPITEL 1 – LOCKVOGEL

Der schlanke und elegante Mann Ende 30 setzte sich zufrieden in das tiefe Sofa. Eine hübsche Kellnerin hatte gerade ein kleines Bier auf den tiefen Tisch gestellt, eine Kerze angezündet und sich mit einem bezaubernden Lächeln wieder entfernt. Nate versuchte, die Atmosphäre in der Hotelbar auf sich wirken zu lassen. Aus den Lautsprechern drangen in dezenter Lautstärke Jazzklassiker an sein Ohr. Zurzeit wurde das Dave-Brubeck-Quartett gespielt, und zwar in jener Besetzung, in der Joe Dodge am Schlagzeug saß. Zufrieden nippte Nate an seinem Getränk. Als Berufsmusiker schätzte er eine kenntnisreiche Musikauswahl sehr.

Es war erst kurz vor neun Uhr abends und ihn erwartete ein abwechslungsreicher Abend, soviel war sicher. Als er nach Hause kam, saß seine Frau Bridget bereits gestylt und mit einem Glas Champagner auf der Terrasse ihres Hauses und genoss die Abendsonne. Die kleine Sarah war zu den Großeltern gebracht worden und so stand an diesem Freitagabend einem entspannten Start ins Wochenende nichts im Wege.

Bridget und Nate hatten eigentlich keine Wochenendpläne geschmiedet. Doch er wusste: Wenn Bridget in Pumps von Saint Laurent, Strümpfe von Maison Close, einen kurzen Bleistiftrock von Alexander McQueen und in ein Top von Marni schlüpfte, dann hatte sie Lust nach einem ausgelassenen Abend und einem sexuellen Abenteuer.

Schon vor Jahren war Nate aufgefallen, dass Bridget ihren außergewöhnlichen sexuellen Appetit nur ihm und Sarah zuliebe unterdrückt hatte. Der Vorschlag, ihre Beziehung zu öffnen, war von ihm gekommen und hatte sie in den ersten Monaten auf ungewöhnliches Terrain geführt. Es zeigte sich aber, dass mit viel Ehrlichkeit und Empathie eine offene Beziehung möglich war. Nachdem die ersten – manchmal auch etwas schmerzhaften - Erfahrungen gesammelt worden waren, gingen Bridget und Nate daran, ihr Arrangement dort und da zu adaptieren und nun war es ihnen möglich, auch außerhalb ihrer Ehe sexuelle Begegnungen zu haben, ohne ihre Beziehung oder die Familie zu gefährden. Im Gegenteil: Ihre Ehe und vor allem ihr Sexualleben hatten nach der Geburt ihrer Tochter ein wenig gelitten. Die offene Beziehung und die kleinen sexuellen Abenteuer, die sich die Eheleute auch jenseits der Paarbeziehung gegenseitig gönnten, wirkten wie ein Jungbrunnen.

Das alles ging Nate durch den Kopf, als diese höchst bemerkenswerte Frau die Bar betrat. Sie hatte eine freche, silber-blonde Kurzhaarfrisur. Das Makeup war perfekt und akzentuierte ihre ebenmäßigen Gesichtszüge. Nate liebte vor allem die dunklen, langen Wimpern und diese unverschämt sinnlichen, vollen Lippen. Das Top von Marni war eng und präsentierte die prallen Brüste der Frau in voller Pracht. Der enge Rock verriet, dass diese Frau gut in Form war. Die Beine waren gut definiert, erinnerten aber nicht an magersüchtige

Models oder Langstreckenläuferinnen. Obwohl Nate diese Frau sehr gut kannte, war er immer wieder erstaunt von der Wirkung, die Auftritte wie diese auf ihn hatten: Er spürte unvermittelt sexuelle Begierde und Neugierde, gleichzeitig fühlte er sich von dieser an Arroganz grenzenden Selbstsicherheit und der zur Schau gestellten Souveränität ein wenig eingeschüchtert. Wenn man diese Frau kannte, dann wusste man, dass jede Bewegung, jede Geste, jedes nonverbale Signal mit höchster Sorgfalt gesetzt wurde. Man(n) hatte es mit einer Frau zu tun, die auf Beutefang war.

Nate beobachtete, wie sich Bridget an die Bar setzte. Ihr Po und ihre langen Beine auf diesem Barhocker – das war waffenscheinpflichtig! Er lächelte und griff zu seinem Mobiltelefon: „Du siehst perfekt aus. Ich gebe dir zehn Minuten!" Sekunden später holte Bridget ihr Handy aus der Givenchy-Tasche und hatte ihre Antwort getippt. „Acht Minuten. Maximal!"

Nate grinste. Bridget war gewohnt zu bekommen, was sie wollte und was sie brauchte. Und sie war in der Regel keine, die Kompromisse machte. Heute stand ihr Sinn nach Sex – aber mit EINEM Schwanz würde sie sich nicht begnügen. Also musste ein zweiter Mann her, am besten einer, der in jeglicher Hinsicht gut gebaut war. Bridget gab sich aber nur mit Männern ab, die auch Stil und Manieren hatten und die wussten, wie man eine Frau wie sie zu verwöhnen hatte. Eine Bar in einem 5-Sterne-Hotel war dafür ein gutes Jagdrevier und in der Regel verließ Bridget so ein Jagdrevier nicht ohne eine imposante Trophäe.

Nate beobachtete, wie sich Bridget beim Barmann ein Getränk bestellte. Dann ließ er den Blick schweifen: Die Bar war gut besucht, es waren viele elegante und wohlsituierte Damen und

Herren anwesend. Nates Blick glitt zurück zu Bridget. Seine Frau hatte in den letzten Wochen und Monaten unglaubliche berufliche Erfolge gefeiert. Vor einiger Zeit hatte sie für das mittelständische IT-Unternehmen, für das sie arbeitete, einen unfassbar gut dotierten Auftrag aus der Luxus-Kreuzfahrtbranche an Land gezogen. Dieser Deal hatte eine großzügige Gehaltserhöhung und Extra-Boni gebracht. Außerdem hatte sie dieser Erfolg in die Chefetage katapultiert: Nun hatte sie neben dem alten Wringendorf das zweitschönste Büro in der Firmenzentrale.

Der spektakuläre Deal mit Wolkow Yacht Cruises Ltd. hatte in der ganzen Branche für Aufsehen gesorgt und es dauerte keine zwei Wochen, da hatte Bridget lukrative Offerten von der Konkurrenz auf dem Schreibtisch liegen. Der alte Wringendorf war jedoch ein schlauer Fuchs. Er bemerkte schnell die Begehrlichkeiten der Konkurrenz, was seine beste Mitarbeiterin betraf und band sie mit einem einfachen Schachzug an sein Haus: Er beteiligte sie mit sofortiger Wirkung am Gewinn. Prozentuell sah diese Gewinnbeteiligung bescheiden aus. Wenn man aber in Betracht zog, welche Summen bei Wringendorf inzwischen umgesetzt und welche Profite eingefahren wurden, so handelte es sich um Beträge, die schwindelerregend waren.

Nate wusste, dass Bridget von Geld und Erfolg magisch angezogen wurde. Sie bildete sich viel auf ihre Fähigkeit ein, sich und ihr Leben unter Kontrolle zu haben. Tatsächlich hatte sie es aus der armseligen Provinz und aus zerrütteten Familienverhältnissen an die absolute Spitze geschafft. Und sie hatte sich alles selbst erarbeitet – Unterstützung hatte sie auf diesem Weg kaum erfahren. Weder ihre Lehrer noch ihre Eltern oder Geschwister hatten ihr diese Erfolge zugetraut. Bridget selbst schien unentwegt entschlossen zu sein, all diesen Menschen das Gegenteil zu beweisen. Wann immer sie einen Ausbildungs- oder Karriereschritt erfolgreich hinter sich gebracht hatte und das fassungslose Erstaunen und die grenzenlose Verblüffung all jener registrierte, die ihr dies nicht zugetraut hatten, fasste sie den Vorsatz, noch erfolgreicher zu werden.

Nichts repräsentierte Erfolg mehr als Luxusartikel. Darum überraschte es Nate nicht, dass Bridget kurz nach dem Erfolg mit Wolkow-Cruises ihren Bonus unter anderem in eine mit Diamanten verzierte Hyperchrome Automatic von Rado investierte. Bridget trug diese Uhr heute an ihrem schlanken linken Handgelenk. Wenn man ihren edlen Halsschmuck und ihre Ohrringe, die Designer-Schuhe und Luxus-Klamotten hinzurechnete, dann war die Ausstattung seiner Göttergattin der Inbegriff von Dekadenz und Überfluss. Nate neckte sie oft, was ihren Hang zum Luxus betraf. Bridget tat Nates humor- und liebevollen Sticheleien mit gespielter Gleichgültigkeit ab. Doch Nate hatte Bridget längst durchschaut – ihr Hang zum Luxus war, neben der uneingeschränkten Vergötterung ihrer Tochter, das Einzige, was Bridget nicht kontrollieren konnte. Nate war immer an Kettenraucher erinnert, die von sich behaupteten, jederzeit mit den Zigaretten aufhören zu können - und im gleichen Moment doch den nächsten Glimmstängel anzündeten. „Das Shoppen ist mir eigentlich gar nicht so wichtig!", beschwichtigte sie, wenn er sie wieder einmal vor dem Laptop beim Durchstöbern der luxuriösesten Online-Shops ertappte. Mit Faszination beobachtete er seine ansonsten so kühl kalkulierende, ja zynisch-berechnende Frau dabei, wie sie mit roten Wangen im Internet irgendeinen neuen Luxusgegenstand ihrer Begierde bewunderte. Meist kam bald danach die Frage, was er, Nate, von dem ersehnten Artikel wohl halte. Es war, als würde Bridget wie ein kleines

Kind um Erlaubnis fragen. Es war klar, dass seiner Frau angesichts der Preise, die für edle Schuhe, Designermode oder exquisiten Schmuck verlangt wurden, Gewissensbisse kamen. Nate erlöste seine Liebste aber nicht. Im Gegenteil – mit faszinierter Schadenfreude wurde Nate Zeuge davon, wie Bridget Tage und sogar Wochen mit sich rang. Und eines Tages stand sie dann da und trug die Schuhe, die Handtasche, die Uhr, den Mantel – was immer es auch war, auf das sich ihre unersättliche Gier nach Luxus gerichtet hatte.

Nate liebte diese Schwäche seiner sonst so toughen Frau. Er hatte längst begriffen, dass sich bei Bridget beim Kauf von Luxusartikeln nur dann ein euphorisierender, rauschartiger Kick einstellte, wenn ihre Vernunft ausnahmsweise den Kürzeren zog. Dann übernahm eine andere, sehr leidenschaftliche Instanz in ihrem Inneren die Kontrolle und stiftete sie zu Exzessen an, die in ihr das süchtig machende Gefühl der Lebendigkeit auslösten. Bridget tickte auch in sexuellen Dingen so. Und das war der Grund, warum sie heute hier in dieser Bar waren.

Nates Stoppuhr stand exakt bei 6:27, als sich ein Pärchen neben Bridget an die Bar setzte: Eine dunkelhaarige, schlanke Frau in engen Jeans und ein großer, etwas schlaksiger Mann in einem perfekt sitzenden, schmalen, blauschwarzen Anzug bestellten ein Getränk. Dann sprach die Frau Bridget an. Neugierig beobachtete Nate, wie seine Bridget auf die beiden reagierte. Nach nicht einmal einer Minute drehte sich Bridget ganz zu den beiden und ihre gesamte Körperhaltung öffnete sich. Ihre Gesichtszüge wechselten von zurückhaltend-höflich zu freundlich-entspannt. Auch ihre Gesprächspartner wirkten entspannt und locker. Nach wenigen Minuten drehte sich Bridget zu Nate und winkte ihn herbei. Nate nahm sein Glas uns setzte sich an die Bar.

„Hallo Schatz! Das sind Austin und Claire. Sie wollen dich kennenlernen!", begrüßte Bridget ihren Mann.

„Freut mich!", sagte Nate. Neugierig musterte er die beiden. Von der Nähe betrachtet erkannte er, dass Austin und Clair etwas älter als Bridget und er waren. Beide waren aber sehr gepflegt, ihre Ausdrucksweise wies auf Bildung und eine gute Herkunft hin. Trotzdem schienen sie nicht im Geringsten arrogant oder abgehoben zu sein – er fand die beiden sympathisch und umgänglich.

„Bridget hat uns gerade erklärt, dass ihr beiden einem kleinen Abenteuer nicht abgeneigt seid?", fragte Clair, obwohl sie die Frage eher als Feststellung artikulierte.

„Ja, das kann man durchaus so sagen!", antwortete Nate und grinste.

„Partnertausch oder die große Runde?", fragte nun Austin ohne Umschweife.

„Die große Runde!", kam die blitzschnelle Antwort von Bridget.

„Da hat ja jemand ganz genaue Vorstellungen!", zwinkerte Clair Bridget zu. „Ich schlage vor, ich bespreche mit Bridget kurz, was wir mit euch beiden anstellen."

„Ihr mit uns? Wohl eher umgekehrt!", trug Austin mit breitem Grinsen einen gespielten Protest vor. „Wir stellen was mit euch an, muss es wohl heißen!"

Bridget lachte, als ob sie sich über ein naives Kleinkind amüsieren würde. Dann sagte sie laut und deutlich zu Clair. „Deinem lieben Austin werden wir jetzt mal zeigen, dass im 21. Jahrhundert wir Frauen den Ton vorgeben!" Clair lachte, erhob ihr Glas und stieß demonstrativ mit Bridget an. „Auf einen befriedigenden Abend!"

Mit einem wohligen Schauer registrierte Bridget in den nächsten Wochen, wie Extrazahlungen, Boni und Gewinnbeteiligungen Geld auf ihr Konto schwemmten. Hinzu kamen Kapitalerträge, vor allem aus den diversen Aktienfonds, in die Bridget eingestiegen war.

Bridget spürte, dass ihre Zügellosigkeit parallel zu ihrem Kontostand wuchs: Sie hielt sich nun gar nicht mehr zurück, wenn es darum ging, Mode, Schmuck, Schuhe und Kosmetika zu kaufen. Das Mini-Cabrio wurde eingetauscht in ein Sportcoupé von Jaguar und Nate bekam eine seltene, in limitierter Auflage produzierte E-Gitarre von Les Paul aus den 60er-Jahren. Außerdem beauftragte Bridget einen Landschaftsgärtner: Die etwas einfallslos und amateurhaft gestaltete Grünfläche vor ihrer Terrasse sollte in ein raffinierte Poollandschaft umgestaltet werden. Nate versucht es dort und da mit vorsichtigen Interventionen und bemühte sich, den Konsumrausch seiner Frau ein wenig einzubremsen. Als Bridget ihm aber einen Blick auf ihr Gehaltskonto gewährte, verstummte er. Erst jetzt begriff er, auf welchem Niveau sich

Bridget nun finanziell bewegte und in welchen Maßstäben sie nun dachte. Dass der heurige Familienurlaub auf den Malediven in einem Luxusressort stattfinden würde, passte ins Bild. Auch dauert es nicht lange, bis eine Reinigungsfirma, eine Gärtnerei und ein Kindermädchen engagiert wurden, um die entsprechenden Alltagsaufgaben in Haushalt und Familie zu erledigen. „Damit du mehr Zeit für deine Musik hast!", meinte Bridget fröhlich, als sie Nate über ihre Pläne informierte.

Nicht informiert hatte Bridget ihren Mann über das Penthouse, dass ihr von Dimitri geschenkt worden war. Im Gegenteil: Dies sollte ihr ganz privater Rückzugsbereich werden. Nur ihre besten Freundinnen, Irina und Corinna, waren von ihr eingeweiht worden. Beide hatten mit sprachlosem Erstaunen auf Bridgets Bericht regiert, wie sie zu dieser Luxusimmobilie gekommen war: Ihr Liebhaber Dimitri hatte eine Wette verloren und die Wohnung war der Einsatz gewesen.

Das gemeinsame Einrichten der Wohnung schweißte die drei Frauen zusammen. Gegenseitig steckten sie sich mit ihrer Begeisterung für stilvolle Sitzmöbel, edle Stoffe, Designermöbel und raffinierte Accessoires an. In Bridgets Jaguar kurvten die Damen zu den nobleren Einrichtungshäusern und Antiquariaten der Stadt und erstanden Stück für Stück: Möbel von B&B Italia, Flou, Lago und anderen, in vielen Fällen italienischen oder skandinavischen Designern. Meist endeten die Einkaufsnachmittage in der Bar, die Irina seit vielen Jahren gemeinsam mit ihrem Mann Clemens führte. Im Verre à champagne doré hatte Bridget schon viele ausgelassene und überschwängliche Stunden – und auch so manch ungehemmtes sexuelles Abenteuer – erlebt. Hier kannte man sie und hier wusste man auch, was sie erwartete und wie man sie am besten verwöhnte.

Der Hausherr höchst persönlich bediente die Damen, als sie sich gesetzt hatten. „Eine Flasche Champagne Imperial von Moet&Chandon, wenn das möglich wäre?", bestellte Bridget grinsend und in betont gestelztem Tonfall. Clemens lachte nur. Er kannte Bridget seit Jahren und schätzte ihren Stil und ihren Humor. Und er kannte seit ebenso vielen Jahren ihren Sinn für ausgefallene Erotik und ihren sexuellen Einfallsreichtum. Bridget war noch an der Universität gewesen, als Irina und Clemens die junge Studentin kennengelernt hatten. Bald hatten die drei entdeckt, dass sie sexuell auf gleicher Wellenlänge funkten. Aber auch jenseits des Sexuellen verbrachten sie – dann auch gemeinsam mit Nate – viele angenehme und anregende Stunden miteinander. So hatte sich über die Jahre eine intensive Freundschaft entwickelt, in der man sehr offen über alles reden konnte und in der es kaum Tabus gab.

„Für unsere Bridget nur die luxuriösesten Getränke, selbstverständlich!", lachte Clemens und ging Richtung Bar. Corinna hatte den kleinen Dialog mit Amüsement mitverfolgt, doch interessierte sich Bridgets Freundin weniger für den Schaumwein als für die Verschlossene Kammer. So hatten Irina und Corinna das Zimmer im neuen Penthause ihrer Freundin Bridget bezeichnet, deren Tür stets verschlossen geblieben war. „Was sich in diesem Raum befindet, bleibt mein Geheimnis!", hatte Bridget erklärt. Viele Tage waren die drei im Penthouse gewesen um zu planen, die Innenarchtektinnen durch die Räume zu führen und die Möbellieferungen in Empfang zu nehmen. Der Verschlossene Kammer blieb aber stets verschlossen. Ohne Ausnahme.

Die Verschlossene Kammer hatte Bridget längst eingerichtet gehabt, als sie mit ihren Freundinnen daran ging, den Rest des Appartements zu gestalten. Nur Stunden, nachdem Bridget begriffen hatte, dass ihr Dimitri diese Luxusimmobilie geschenkt hatte, wusste sie, wie sie das Penthouse nutzen wollte: Es sollte ihr ganz privater, intimer Rückzugsort werden. Nur ihre Freundinnen würden davon erfahren – und die Männer, die sie mit in ihr Appartement nehmen und von denen sie sich verwöhnen lassen würde. Die Einrichtung in der Verschlossenen Kammer war, wie auch der Rest, höchst exquisit. Natürlich gab es auch im BDSM-Bereich Luxusgüter, doch Bridget hatte schon vor Jahren eine Manufaktur gefunden, die BDSM-Möbel aus edlem Hochglanz-Stahl herstellte: Das Andreaskreuz, der Strafbock, die Spreizstangen und selbst das Bett waren aus kühl glänzendem Stahl gefertigt. An der Wand hing eine große Auswahl an Handschellen, Fußfesseln, Paddels, Peitschen, Ketten und Klemmen. In einem Schrank hatte Bridget ihre Lack-, Leder- und Latex-Mode untergebracht, in einer Kommode befand sich, fein säuberlich abgelegt wie das Präzisionswerkzeug eines Chirurgen, eine große Auswahl an Dildos, Vibratoren und Anal-Plugs. Für jede Stimmung und jede dunkle Leidenschaft gab es da ein Hilfsmittelchen. Die Wände waren dunkel und in Kombination mit einer raffinierten Schwarzlicht-Beleuchtung entstand die kühle Atmosphäre einer futuristischen Folterkammer. Bridget konnte es nicht erwarten, hier lustvoll gequält zu werden…

KAPITEL 3 – DIENSTREISE

Doch bevor Bridget die Vorzüge ihres Appartements genießen konnte, musste Dimitris Auftrag in Angriff genommen werden. Die Kick-Off-Veranstaltung fand stilgemäß in Malibu statt. Bridget freute sich auf den Trip nach Kalifornien und das Wiedersehen mit Dimitri. Sie kleidete sich aus gegebenem Anlass neu ein, bereitete ihre Unterlagen gewissenhaft vor und verabschiedete sich schließlich von Nate und ihrer kleinen Tochter. Für den Flug hatte sie sich ein Bleistiftkleid von Amanda Uprichard herausgesucht. Dazu trug sie nicht zu hohe Sandaletten von Alias Mae – schließlich musste sie mit Gepäck zum Flughafen und es war zu erwarten, dass sie viel gehen musste. Die Clutch war einmal mehr von Saint Laurent, die sportlichen Sonnenbrillen von Oakley und der Duft von Givenchy. So konnte Frau sich aus dem Hause trauen, fand Bridget, als sie sich noch einmal kurz im Spiegel betrachtete, während das Taxi schon vor der Haustür wartete.

Über den Atlantik war Bridget aus beruflichen Gründen noch nie geflogen. Schon am Terminal hatte sie das Gefühl, einen

Urlaub anzutreten. Dieses Gefühl verstärkte sich nach dem Boarding noch weiter und als das Flugzeug abhob, war auch Bridgets Stimmung auf einem Höhenflug. Der berufliche Erfolg, das dicke Bankkonto, ihre exquisite Reisegarderobe und die Aussicht auf ein Wiedersehen mit Dimitri – noch dazu an der Küste Kaliforniens – versetzten Bridget in ein fast euphorisches Hoch. Irgendwie strahle sie dies offenbar auch aus, denn ihre Wirkung auf Männer war an diesem Tag noch größer als sonst. Unglaublich, wie oft und teilweise unverblümt sie am Flughafen angeflirtet wurde.

Obwohl es noch Vormittag war, ließ sich Bridget von einem perfekt aussehenden, aber eher dem männlichen Geschlecht zugeneigten Steward, ein Glas Sekt servieren. An der Westküste war es gerade spät abends – da konnte man schon mal einen Sekt schlürfen - mogelte sich Bridget über ihre kleine Undiszipliniertheit hinweg und genoss das Prickeln des Schaumweins. Neugierig musterte sie die Männer auf den Sitzplätzen der Business-Class. Sex im Flugzeug war ja ein gängiges Klischee und Bridget hatte immer Spaß daran, Klischees Wirklichkeit werden zu lassen. Aber die Männer waren entweder nicht ihr Typ oder zu sehr mit ihren Laptops beschäftigt.

Dann aber entdeckte sie jemanden, den sie kannte und den sie in nicht allzu guter Erinnerung hatte: Es war der angebliche Lord Sinclair S. Whitley, der aber in Wirklichkeit für die britischen Anti-Korruptions- und Finanzbehörden arbeitete und schon seit langem ihrem Dimitri nachspionierte. Es war ein seltsamer Zufall, dass er ausgerechnet heute in genau diesem Flugzeug saß…

Bridgets Stimmung erhielt einen kleinen Dämpfer. Während der weiteren Flugstunden ließ Bridget den Lord nicht mehr aus den Augen und stellte schließlich fest, dass sich der Mann überhaupt nicht für sie zu interessieren schien. War also doch alles nur Zufall? Bridget beobachtete, wie Whitley angestrengt arbeitete, Papiere durchging und Notizen in seinen Laptop tippte. Das Licht in der Kabine war gedimmt worden. Die meisten Passagiere hatten die Fenster verdunkelt und versuchten, dem Jet-Lag vorzubeugen, indem sie versuchten, ein Nickerchen zu machen – immerhin war es am kalifornischen Zielflughafen tiefe Nacht. Whitley war einer der wenigen, der wach und munter war und stundenlang angestrengt arbeitete. Er bemerkte gar nicht, wie die neugierige Bridget langsam an ihm vorbei Richtung Toilette ging und verstohlen einen Blick auf seinen Laptop und die Papiere warf, die vor ihn lagen. Bridget stockte der Atem, denn sie konnte beim Vorbeigehen auf einem der Dokumente den Namen Dimitri Wolkow erhaschen.

Bridget überlegte. Ihre Abenteuerlust machte sich bemerkbar. Wie konnte sie es anstellen und in den Besitz dieser Dokumente kommen? Wäre das nicht ein wunderbares Willkommensgeschenk für ihren Lover? Außerdem würde Bridget zu gerne wissen, was es mit Dimitris Geschäften auf sich hatte. War er wirklich „nur" ein erfolgreicher Multimillionär oder verdiente er seinen Reichtum auch auf nicht ganz erlaubte Art und Weise. Bridget spürte, wie sehr sie die Neugierde packte. Sie war gewohnt, die Kontrolle zu haben und dies galt auch in ihrer Beziehung zu Dimitri.

Bridget überlegte. Doch sie war keine Superheldin aus einem Hollywood-Film und auch keine ausgebildete Agentin, darum fiel ihr auch keine raffinierte Finte ein, mit der sie Whitley würde ablenken können, um die Dokumente oder gar den Laptop an sich nehmen zu können. Immerhin aber schaffte sie es wenig später – wieder einen Gang auf die Toilette vorgebend – ein paar schnelle Handyfotos aus dem Handgelenk (Sportmodus!) vom Laptop des feinen Lords zu machen. Neugierig und gespannt ging Bridget die Fotos durch. Sie war tatsächlich keine Superagentin, denn die meisten Bilder waren unbrauchbar. Doch auf einem Bild konnte man klar und deutlich ein Organigramm erkennen: In der Mitte stand in einem Kasten der Name D. Wolkow. Von dort aus entfaltete sich ein unfassbar komplexes Netzwerk an Pfeilen und Kästen, in denen wiederum Namen von Personen und Firmen angeführt waren und von denen wiederum eine Vielzahl an Pfeilen ausging. Ein paar Firmennamen kamen Bridget bekannt vor, die meisten sagten ihr aber nichts. Interessant war auch, dass manche Linien nur strichliert waren. Eine kleine Legende am Rande der Grafik verriet das Geheimnis dahinter: während die durchgezogenen Pfeile für „gesicherte Verbindungen" standen, bedeuteten die strichlierten Pfeile „angenommene Verbindungen". Bridget nahm sich vor, sich eingehend diesem Organigramm zu widmen. Sobald sie wieder eine Internetverbindung hatte und genügend Zeit, würde sie eine ausgiebige Recherche im Netz starten, um Dimitris Geheimnis (und dem des Lord Whitley) auf die Spur zu kommen.

Am Flughafen wartete schon eine elegante Dame in engem Etuikleid und hohen Pumps auf sie. Ihre sorgfältig manikürten Finger hielten ein Schild mit ihrem Namen und dem Logo von Wolkow Ltd. in die Höhe.

„Bridget?", fragte Samantha, als Bridget zielsicher auf sie zusteuerte. „Herzlich willkommen in L.A.!", flötete Samantha und bleckte ihre polarweißen Zähne. Das sollte offenbar ein Lächeln sein, Bridget hatte eher das Gefühl, von einem fleischfressenden Untier bedroht zu werden. Egal, denn Samantha brachte Bridget mit einer gut klimatisierten und mit kühlem Leder ausgestatteten Limousine direkt an die Küste. Dort steuerten sie den Yachthafen an. Das war gar nicht einfach, denn sie mussten zwei Sicherheitssperren passieren und Bridget musste sogar ihren Pass vorzeigen. „Nur zu ihrer Sicherheit!", grinste ein massiger und schwer bewaffneter Sicherheitsmann. Dann endlich hielt die Limousine und Bridget sah Sonne, Meer, Sand und viele teure Yachten. Die atmete tief durch und genoss die warme, salzige Brise.

„Die Huntington ist dieses Schiff!", verkündete Samantha. Bridget betrachtete die Luxus-Yacht. Es handelte es sich um den Prototypen, nach dessen Vorbild zwei Dutzend weitere Yachten gebaut und für exklusive Kreuzfahrten genutzt werden sollten.

„Ich bringe ihr Gepäck gleich an Bord. Dimitri wird jeden Augenblick hier sein und ihnen die Huntington zeigen. Sie werden begeistert sein!", sagte Samantha, diesmal mit einem aufrichtigen Lächeln.

Samantha griff nach dem Telefon und wies jemanden an, das Gepäck aus dem Auto in die Huntington zu bringen. Im nächsten Moment fuhr ein kleiner Lieferwagen vor und zwei muskulöse Kerle entluden die Limousine. Der jüngere Mann, ein dunkelhaariger Typ mit markantem Kinn und mächtigen Oberarmen musterte Bridget unverhohlen, dann ihr Gepäck und murmelte dann gutmütig: „Je zarter die Damen umso umfangreicher die Ausstattung! Verstehe ich gar nicht, denn auf der Huntington werden Sie nur einen Bikini brauchen – oder tut es auch ein Monokini?" Er zwinkerte Bridget zu. Der Kerl war zwar etwas ungehobelt, hatte aber immerhin den Mumm, mit mir zu flirten, dachte Bridget amüsiert.

„Hallo Darling!", hörte sie eine vertraute, angenehm dunkle Männerstimme mit slawischem Akzent sagen. Bridget drehte sich um. Da stand Dimitri und obwohl sie ihn ja schon eine Weile kannte und sich seit Wochen auf diesen Augenblick hatte einstellen können, durchströmte sie sofort eine heftige Woge der Zuneigung und Erregung. Sie spürte ein Prickeln auf der Haut und der ohnehin sonnige Tag wirkte noch strahlender.

„Oh mein Gott, wie sehr ich auf den Kerl abfahre!", dachte Bridget noch und schon hatte sie Dimitri in die Arme genommen. Er sah blendend aus, entspannt und erholt. Er schien sich auch über das Wiedersehen zu freuen. Seine Augen leuchteten. Er duftete frisch und luftig und Bridget konnte nicht anders als mit ihrer rechten Hand über seinen Nacken und seinen Hinterkopf zu streichen und einen innigen Begrüßungskuss einzufordern. Dimitri erwiderte ihren Kuss und sofort merkte Bridget, wie sich ihr Körper auf Sex mit diesem Halbgott einstellte.

Nach mehreren, langen Küssen löste sich Dimitri vorsichtig von Bridget und lachte: „Nicht so stürmisch, meine Liebe!" Dann nahm er sie an der Hand und erklärte: „Ich zeige dir jetzt deinen Arbeitsplatz für die nächsten Tage!"

KAPITEL 4 – DIE HUNTINGTON

„Die Huntington", begann Dimitri, „wurde von einem dänischen Designer entworfen. Sie ist 135 Meter lang wiegt mehr als 8000 Tonnen. Außerdem ist sie mit einem Hybridantrieb ausgestattet, der einen weitgehend nachhaltigen Betrieb erlaubt."

Nachhaltig? So ein Schiff? Nie im Leben, dachte Bridget, sagte aber nichts. „Ist ja sehr nett, aber gibt es auch Betten, in denen man gut vögeln kann?", fragte sie stattdessen kokett und grinste Dimitri frech an. Mit Dimitris technischen Ausführungen konnte sie gerade gar nichts anfangen. Seine technischen Fertigkeiten in Sachen Sex fand Bridget viel interessanter…

„Alles zu seiner Zeit", meinte Dimitri und versuchte, ernst zu bleiben. War er ein wenig gekränkt, weil sie seinem schwimmenden Luxusspielzeug zu wenig Bewunderung schenkte? Der Gedanke amüsierte Bridget. Im nächsten Moment gingen sie schon an Bord und nun verschlug es

Bridget doch den Atem. Von außen hatte diese Mega-Yacht durchaus beeindruckend ausgesehen: Stromlinienartige Formen, grauer, funkelnder Stahl und schwarz-spiegelnde Fensterfronten. Stahl und Glas gingen nahtlos ineinander über. Die Yacht hatte mehrere Decks und achtern gingen die abgestuften Schiffsetagen in großzügige Terrassen über. Glänzender Marmor, gläserne Wände und grazile Designermöbel zierten das Innere. Die Bar strahlte kühle Eleganz aus. Es gab einen Kinosaal, drei Pools und einen Hubschrauberlandeplatz. Chillige Elektro-Klänge drangen dezent an Bridgets Ohr, die Luft war angenehm klimatisiert.

„Das waren die allgemein zugänglichen Bereiche, jetzt zeige ich dir die Suiten!", verkündete Dimitri nach einem kurzen Rundgang. Die riesige Yacht bot nur 24 Gästen Platz. Es gab acht Suiten für zwei Personen und zwei Familiensuiten für vier Personen. Auch in den Unterkünften herrschte moderne Eleganz. Die Suiten unterschieden sich nur durch farbliche Nuancen, waren aber alle ähnlich geschnitten und sehr geräumig.

Bridget war sprachlos. Noch nie hatte sie einen derartigen Luxus gesehen. „Und jetzt zeige ich dir dein Büro!", schlug Dimitri vor.

„Ich arbeite hier auf der Huntington?" Bridget war erstaunt.

„Aber sicher, du sollst doch ein Gefühl für unser Produkt bekommen: Luxus-Kreuzfahrten auf höchstem Niveau und intimem Ambiente!"

Die Räumlichkeiten der Bediensteten und der Crew waren nicht weniger erstklassig eingerichtet und für Bridget war ein Büro vorbereitet worden. Es lag im Deck unter der Brücke und die breite Fensterfront bot einen Blick in Fahrtrichtung. Der

Schreibtisch war groß, es gab eine Kaffeemaschine samt Ausstattung, einen Kühlschrank, einen Besprechungstisch.

Bridget blickte durch die dunkel getönte Schreibe auf den Hafen und das Meer. Dimitri stand hinter Bridget und fuhr fort. „Es gibt sogar ein Sofa für Power-Naps!" Seine Stimme war nun ganz nah und im gleichen Moment fühlte sie, wie eine Hand unter ihren Rock glitt und sich ihrem Oberschenkel entlang Richtung Po schob. „Ich schlage vor, wir nutzen das Sofa auf andere Art und Weise!"

Bridget spürte seine Wärme, sie nahm seinen Duft auf und konzentrierte sich ganz auf seine Berührungen. Wie geschickt, zärtlich und doch fordernd seine Berührungen waren! Mit einem kurzen Ruck hatte Dimitri ihren String nach unten geschoben. Gleichzeitig küsste er sie ihn den Nacken. Bridget neigte ihren Kopf zu Seite, um ihm ihren Hals zu präsentieren. Währenddessen machte sie zwei kleine Hüftbewegungen, um sich ihrer Unterwäsche ganz zu entledigen. Sie versuchte, sich umzudrehen, um Dimitri ins Gesicht sehen zu können. Dimitri ließ dies jedoch nicht zu. Bestimmt, aber nicht grob, drückte Dimitri ihren Oberkörper nach unten. Bridget stützte sich mit den Unterarmen auf dem Sofa ab, ging provokant ins Hohlkreuz und streckte Dimitri ihren nackten Po entgegen. Mit leicht kreisenden Hüftbewegungen versuchte sie ihm zu signalisieren, dass ihr jetzt sein harter Schwanz guttun würde. Doch Dimitri ließ sich Zeit.

Bridget drehte ihren Kopf und konnte aus den Augenwinkeln sehen, dass Dimitri eine schmale Gerte in der Hand hatte.

„Sei nicht so neugierig!", herrschte Dimitri sie an. Plötzlich klang seine Stimme sehr bestimmend und streng. Bridget erregte Dimitris Tonfall. Für sie war nun klar, dass Dimitri sie nun behandeln würde, wie es ihm beliebte. Die Gerte berührte Bridget zwischen den Schulterblättern. Dimitri strich mit dem Sex-Spielzeug langsam ihre Wirbelsäule entlang Richtung Po. Dort verpasste er Bridget ein paar noch sehr zärtlich ausfallende Klapse. Bridget war schon längst nach herzhafteren Berührungen zu Mute.

„Geht es nicht ein bisschen kräftiger?", fragte sie frech nach. Sie wusste genau, dass ihr jetzt, wo sie sich in die Rolle der Unterworfenen begeben hatte, so eine Frage eigentlich nicht zustand.

„Steh' auf!", befahl Dimitri nun. Er band Bridget eine Augenbinde aus kühlem Satin um. Dann legte er ihr ein enges Halsband an. „Keine Fragen mehr, hast du mich verstanden?". Dimitri stand direkt neben ihr und gab ihr leise, aber sehr deutlich zu verstehen, was er von ihr erwartete. „Beug' dich wieder runter!"

Wieder setzte die Gerte zwischen Bridgets Schulterblättern an. Wieder fühlte Bridget, wie das Leder über ihre Wirbelsäule Richtung Pobacken strich, wieder bekam sie ein paar Klapse auf den Po verpasst. Dann führte Dimitri die Gerte über die Außenseite ihres rechten Oberschenkels nach unten, strich auf Höhe der Knie nach innen und begann, ihr kleine Schläge auf die Innenseiten ihrer Schenkel zu verpassen. Dabei wanderte die Gerte langsam nach oben. Bridget stöhnte nun das erste Mal auf, die lustvolle Erwartung war kaum mehr zu toppen. Als die Gerte behutsam über ihre Schamlippen strich, steigerte sich Bridgets Erwartung in brennende Ungeduld. Dimitri entging dieses begehrliche Sehnen seiner Sklavin nicht:

„Was ist mit meinem Mädchen los, hast du es etwa so dringend nötig? Ich dachte, du hast dich immer unter

Kontrolle?" Seine Fragen waren rein rhetorisch, Antworten erwartete er sich nicht. Prüfend schob Dimitri seine Hand zwischen Bridgets Schenkel und schob ihr Zeige- und Mittelfinger in ihre Spalte. „Tatsächlich – die Dame ist ja schon startklar!", tat Dimitri verwundert. „Die wirst dich noch gedulden müssen!", fuhr er hämisch fort und zog seine prüfende Hand wieder zurück. Bridget seufzte laut auf.

Bridget spreizte ihre Schenkel noch weiter und reckte ihren Po noch fordernder nach oben um zu bekommen, was sie wollte. Doch Dimitri ließ sie noch ein wenig zappeln. Er widmete sich nun wieder ihrem Hinterteil. Dimitri liebte Bridgets Arsch: Er war rund und muskulös, aber auch fleischig genug, um wunderbare Dinge damit anstellen zu können. Nur der braune Teint passte ihm in dieser pikanten Situation nicht so ganz – ein leuchtendes Rot würde ihn nun viel mehr erregen. Dimitri machte aus seinem Gusto kein Geheimnis.

Zärtlich strich er Bridget über den Po. „Sehr hübsch, dein Arsch!", begann er. „Mal sehen, wie sich ein leuchtendes Rot auf deinen Pobacken macht…"

In nächsten Moment versetzte ihr Dimitri mit der offenen Hand einen heftigen Schlag auf die rechte Pobacke. Bridget spürte ein feuriges Brennen auf der Haut. Während der prickelnde Schmerz abebbte, baute sich ein heftiges sexuelles Verlangen auf. Schon hatte ihr Dimitri den nächsten Hieb versetzt, diesmal auf die linke Pobacke. Bridget tauchte lustvoll und mit ihrem ganzen Wesen in die Lustqualen ein, die ihr Dimitri mit seinen gekonnten Schlägen bereitete.

Mit jedem Klaps wurde das Brennen auf ihrer Haut heftiger. Trotzdem streckte Bridget Dimitri ihr Hinterteil auffordernd entgegen. So schnell würde sie keine Schwäche zeigen, nahm sich Bridget vor. Lustvoll stöhnte sie auf, als sie den nächsten Schlag empfing. Bridget spürte, dass Dimitri angesichts ihrer Nehmerqualitäten ungeduldig wurde.

„Steh' auf!", befahl er ihr nun. Die aufrechte Position tat Bridget gut. Dimitri löste ihre Augenbinde. Es dauerte einen Augenblick, bis sich Bridget an das Tageslicht gewöhnte. Dimitri stand vor ihr. Ein Wetterleuchten der Emotionen spiegelte sich in seinem Gesicht wider. Bridget grinste ihn lasziv an.

„War das alles?", fragte Bridget und schaute Dimitri in die Augen. Sie wusste, dass sie ihn mit dieser Frage provozierte. Tatsächlich wirkte Dimitri einen Moment lang ein wenig ratlos, dann aber schien er einen Plan gefasst zu haben. Mit der Augenbinde fesselte er ihre Handgelenke, dann schob er Bridget zurück auf das Sofa. Nun kam Bridget auf dem Rücken zu liegen. Dann griff Dimitri unter das Sofa. Der Vibrator, der zum Vorschein kam, hatte es in sich, denn es handelte sich gewiss um keine Standardgröße.

„Oh, mein Gott!", entfuhr es Bridget und nun war es Dimitri, der lasziv grinste. „Mein gieriges Mädchen kommt damit sicher zu recht, oder?", fragte er und schaltete den elektrischen Phallus ein. Zuerst legte er den Vibrator zwischen ihre Brüste, sodass ihre üppige Oberweite heftig zu wackeln begann. Lüstern genoss Dimitri das sich ihm bietende Schauspiel. Wie in Zeitlupe animierte er ihre Brustwarzen und die Kurven ihres Busens. Dann ließ Dimitri den metallisch glänzenden Vibrator über Bridgets flachen Bauch nach unten wandern. Erwartungsvoll spreizte Bridget ihre Schenkel. Diesmal ließ sich Dimitri nicht lange bitten und schon füllte das vibrierende Sexspielzeug Bridgets Vagina aus.

Es dauerte nicht lange, bis sich der erste Orgasmus eingestellt hatte. Zur Erholung durfte Bridget ein gut gefülltes Glas Sekt schlürfen, dann übersiedelten Dimitri und Bridget in einen der Pools. Dort kam dann das mächtig angeschwollene und dunkelrot verfärbte Glied ihres Liebhabers zum Einsatz. Bridget lehnte mit dem Rücken am Beckenrand und Dimitri nutzte den Auftrieb des Wassers, um ihre Hüften mit spielender Leichtigkeit gegen seine Lenden zu pressen. Bridget schlang ihre Beine um Dimitris muskulösen Körper. Nun war ihr Liebesspiel kein Spiel mehr zwischen Dominanz und Unterwerfung. Der Sex war weiterhin leidenschaftlich und temperamentvoll, aber nun auch sehr zärtlich und liebevoll. Eigentlich hatte sich Bridget vorgenommen, bei ihren sexuellen Abenteuern nur sexuelle Begierden und keine anderen Gefühle zuzulassen – für Dimitri hatten sich aber schon längst andere, tiefere Emotionen entwickelt.

Wie so oft nach sexuell intensiven Begegnungen fühlte sich Bridget befreit und offen für andere Gedanken und Empfindungen. Unwillkürlich dachte sie an den Job, wegen dem sie eigentlich hier war. Und sie dachte vor allem an Nate und ihre kleine Tochter, die sich schon auf ihre Rückkehr freuten. Es war inzwischen spät geworden, der lange Tag, der Jet-Lag und die Intimitäten mit Dimitri hatten sie sehr gefordert. Erschöpfung und Müdigkeit hatten sich eingeschlichen. Für einen Anruf zu Hause war es inzwischen zu spät – in Europa war es mitten in der Nacht. Umso mehr freute sie sich auf den morgigen Tag, an dem eine lange Skype-Sitzung mit Nate geplant war.

Bridget verabschiedete sich von Dimitri mit einem feurigen Gute-Nacht-Kuss, schminkte sich ab, nahm noch schnell eine Dusche und schlüpfte in das luxuriöse, satin-bezogene Bett in ihrer Suite. Vorher ging sie noch schnell raus auf den Balkon und nahm für einen Augenblick das nächtliche Ambiente auf dem Yachthafen in sich auf. Das Wasser des ruhigen Pazifiks schlug sachte an die Flanken des Schiffs, die abendliche Brise hatte ein wenig aufgefrischt. Die Luft war aber erstaunlich warm, sodass der Wind nicht störte. Die salzige Luft weckte erneut Urlaubsgefühle. Bridget atmete kurz durch und sammelte sich. Morgen war es Zeit, ihrem Anspruch auf Professionalität gerecht zu werden. Hier war ein Job zu erledigen und sie hatte sich vorgenommen, das Projekt zügig voranzutreiben.

KAPITEL 5 – KICK-OFF!

In dem Moment, in dem die Skype-Verbindung stand, wusste Bridget, dass Nate aufregende Neuigkeiten für sie hatte. Obwohl er nur auf einem Bildschirm zu sehen und in Wirklichkeit tausende Kilometer von ihr entfernt war, registrierte sie seine positiven Vibes: Es war eine Mischung aus Aufregung, Freunde und Begeisterung, die aus seinem ganzen Wesen nach außen drang.

„Stell' Dir vor, das Album von Colin Maynooth geht durch die Decke! Nummer Eins in dreiundzwanzig Ländern!", sprudelte es aus Nate hervor.

Bridget brauchte kurz, um diese Information einordnen zu können. „Colin Maynooth? War das nicht dieser Country-Typ?", fragte Bridget nach.

„Nicht exakt Country, Schatz! Ich hab' es dir doch schon mal erklärt! Es handelt sich um eine Fusion aus Country, Funk und Psychedelia, Bridget!", korrigierte sie Nate. Bridget erinnerte sich nun. Schon als Nate im Studio seine Gitarrenparts für das neue Album des aufsteigenden Sterns am Country-Himmel eingespielt hatte, hatte Nate versucht, ihr dieses musikalische Sub-Genre begreiflich zu machen. Bridget hatte sich nicht wirklich dafür interessiert. Spannend fand sie vielmehr die zahlreichen Medienberichte, die genüsslich und detailliert über den ausschweifenden sexuellen Lebensstil des Musikers berichteten. Maynooth war jung, hübsch und sehr sexy, fand Bridget.

„Die Musik ist schrecklich, finde ich", antwortete Bridget. Nate unterbrach sie. „Die Musik ist wirklich innovativ. Keine Konservenkost für die nächste Casting-Show!", versuchte Nate beharrlich, Bridget zu überzeugen.

„Ich finde seine schmalen Hüften, seinen Knackpo und diesen imposanten V-förmigen Oberkörper viel spannender", grinste Bridget in die Webcam hinein. „Ob er mit seinen Lenden auch so innovativ ist wie in seiner Musik?", frage Bridget mit affektiert-aufreizender Stimmlage.

Nate lachte. „Ach, Bridget. Dein sexueller Appetit ist mir immer noch ein Rätsel. Aber weißt du was – finde es doch einfach heraus!"

Kurzes Schweigen. „Was soll ich herausfinden?", fragte sie dann.

„Na, ob dieser Jüngling im Bett hält, was er in seinen Songtexten verspricht!", antwortete Nate.

„Immer gerne, du kennst mich doch. So einen wie Maynooth würde ich nicht von der Bettkante stoßen! Aber wie komme ich an ihn heran?", fragte Bridget. Nate grinste nur.

Und dann berichtete Nate im Detail von den erstaunlichen Neuigkeiten: Tatsächlich war das Album von Maynooth Nummer 1 in zahlreichen Charts. Die Downloads auf den diversen Streaming-Plattformen gingen durch die Decke, Konzertveranstalter und Talk-Show-Hosts überboten sich gegenseitig mit Angeboten. Das Management von Maynooth fütterte Social Media-Plattformen kontinuierlich mit kleinen Geschichten, war aber auf diesen sich explosionsartig ausbreitenden Hype gar nicht vorbereitet gewesen.

„Er hat noch nicht mal eine Live-Band, soll aber jetzt in Talk-Shows auftreten und auch die Tour wird viel größer als angenommen. Sie wollen mich in der Band! Finanziell und künstlerisch würde ich in eine ganz andere Liga aufsteigen!

Bridget freute sich für Nate! Er war ein großherziger, kreativer Träumer, ein begeisterter Vater und trotzdem – oder gerade deshalb – sehr sexy. Jedoch hatte sie nicht mehr daran geglaubt, dass seine Karriere als Musiker ihn über kleine Auftritte in Jazzclubs und Studioaufnahmen für wenig bekannte Künstler hinausführen würde. Nun aber war er da, der durchschlagende Erfolg. Natürlich musste Nate diese Chance nutzen. Aber es war klar, dass ihre Beziehung und das Familienleben völlig neu organisiert werden mussten. Und vor allem musste sichergestellt sein, dass die Kleine nicht den Preis für die beruflichen Erfolge ihrer Eltern würde zahlen müssen.

Beide scheinen das Gleiche zu denken, denn auf den lebhaften Informationsaustausch war nun Stille gefolgt.

„Wie stellen wir es an?“, frage Bridget und schon während sie die Frage stellte merkte sie an Nates Gesichtsausdruck, dass sich Nate schon eine Lösung überlegt hatte.

„Vielleicht könnten wir es so machen…“, begann Nate vorsichtig.

Nate berichtete, dass der Tour-Tross riesig sein würde. Mehrere Bühnen, das gesamte Equipment für Licht und Sound, das Gepäck der Band und der Mitarbeiter, das alles musste von Stadt zu Stadt, von Land zu Land transportiert werden. Zwar würde in Hotels übernachtet werden, trotzdem gab es zahlreiche Wohnmobile, in denen direkt an den Konzertstätten massiert, gegessen, ausgeruht und Bürokram erledigt werden konnte. Und – das war für Nate und Bridget besonders interessant – auch an eine Kinderbetreuung wurde gedacht. Mehrere Pädagoginnen würden sich um die Kinder jener Mitarbeiterinnen und Mitarbeiter kümmern, die ihre Sprösslinge nirgendwo anders unterbringen wollten oder konnten.

Nate würde die kleine Sarah mit auf die Tour nehmen und Bridget konnte, wann immer sie wollte, zu ihnen dazustoßen. Immerhin hatte sie bei Wringendorf schon längst alle Freiheiten, die man als leitende Angestellte nur haben konnte: Home-Office war überhaupt kein Thema, solange Bridget zwei Wochen pro Monat in der Firmenzentrale anzutreffen war.

„…und dann setzt du dich mitsamt deinem Laptop in den Flieger und wir reisen gemeinsam von Stadt zu Stadt! Nach einem halben Jahr, im Winter, wenn keine Open-Air-Konzerte mehr möglich sind, ist der Spuk ohnehin wieder vorbei!“, beendete Nate seine Ausführungen.

„Klingt gut“, sagte Bridget noch etwas vorsichtig. Sie musste sich die Sache noch in Ruhe durch den Kopf gehen lassen.

„Sag' ja, Bridget!“ Nate wollte seiner Frau sofort eine Zusage abringen. „Denk' daran, du könntest dein Glück bei Maynooth

versuchen. Du hast doch Appetit auf ihn, gib's zu!",
provozierte sie Nate. Immerhin gelang es ihm, ihr ein Lächeln
ins Gesicht zu zaubern. „Ich mach' mich dafür an die Groupies
ran, das wird ein Spaß!", ergänzte er lüstern.

„Manchmal glaube ich, wir sind verrückt! – Aber warum
nicht? Lass' es uns versuchen!"

KAPITEL 6 – DARKROOM

„Gute Neuigkeiten?", fragte Dimitri. Er war lautlos in der Tür ihres Büros aufgetaucht. Er lächelte und sah entspannt aus. Er hatte zwei hellblau schimmernde Drinks mit Eiswürfeln und stylischen Stahl-Trinkhalmen mitgebracht. Der Anblick dieses leckeren Mannes und der appetitlichen Cocktails versetzte Bridget sofort in eine sinnlich-relaxte Stimmung. Bridget erwiderte das Lächeln, lehnte den Cocktail aber ab. „Sieht verlockend aus, aber ich muss jetzt wirklich mal mit der Arbeit starten! Es ist erst 10 Uhr!"

Dimitri grinste breit. „Seit wann bist du so langweilig?", provozierte er sie hämisch grinsend. Er stellte die Drinks ab und zog sich kurzerhand das T-Shirt über den Kopf. Dann schlüpfte er flink aus seiner Jeans und stand nun in kurzen, engen Satin-Shorts vor ihr. „Noch immer nicht interessiert?"

Bridget merkte, wie sie von einer Sekunde zur anderen die Kontrolle über sich und ihre Begierden verlor. Sie liebte diese Momente, weil dann eine Überdosis Glückshormone das Kommando über jede einzelne Faser ihres Körpers übernahm. Gleichzeitig hasste sie sich dafür, weil sie genau in diesen

Momenten ihrer obersten Maxime – „Behalte immer die Kontrolle!" – nicht mehr gerecht wurde.

Während ihr Kopf das Für und Wider ihrer beiden Persönlichkeitsanteile abwog, hatte ihr Unterbewusstsein offenbar schon entschieden: Bridget spürte, dass sich eine angenehme Wärme zwischen ihren Schenkeln aufbaute, begleitet von einem erwartungsvollen Prickeln. Schon war sie aufgestanden. Dimitri hatte ein triumphierendes Grinsen aufgesetzt und hielt ihr den Cocktail vors Gesicht, sodass der Trinkhalm ihre Lippen berührte. Bridget ließ ihre Zunge lasziv um den Halm kreisen und ließ ihn schließlich langsam zwischen ihre Lippen gleiten. Dabei ließ sie Dimitri nicht aus den Augen. Sie merkte an seinem gierigen Gesichtsausdruck, dass er es nun war, der die Kontrolle verlor. Wie simpel Männer doch gestrickt waren und wie leicht man sie aus der Fassung bringen konnte! Es hatte keine zwei Minuten gedauert, und schon hatte Bridget das Gefühl, wieder Herrin der Lage zu sein. In diesem Falle täuschte sie sich aber…

Das Zeug, das Dimitri da gemixt hatte, schmeckte herrlich. Es war viel zu stark für diese Tageszeit, aber auch prickelnd-frisch. Bridget schaute Dimitri in die Augen. Sein Gesichtsausdruck war seltsam indifferent. „Rück' schon raus mit der Sprache! Da ist doch was, was du mir sagen willst!", bohrte Bridget nach. Dimitri verzog den Mund. Er schätzte es offenbar nicht, für Bridget wie ein offenes Buch zu sein. Nur einen Augenblick später hatte er sich wieder gefasst.

„Nun, heute kommt ein Geschäftspartner von mir auf das Schiff. Es geht um einen wichtigen, einen sehr wichtigen Deal.", begann Dimitri. Bridget spitzte die Ohren. Wenn es um Macht, Geld, Luxus und einflussreiche Männer ging, wurde sie immer hellhörig. „Und?", fragte Bridget amüsiert nach. Sie wusste, dass Dimitri nicht der Typ Mann war, der seine Liebhaberin über geschäftliche Deals informierte. Männer wie er trennten in der Regel das Geschäftliche vom Privaten. Die Frauen sollten im Glauben gelassen werden, dass die Welt der Superreichen nur aus Luxus, Glamour und Dekadenz bestand. Über die manchmal schmutzigen Praktiken des geschäftlichen Alltags sollte möglichst geschwiegen werden.

„Wenn ich dem Herren ein kleines Extra biete, könnte es mit dem Deal klappen.", sagte Dimitri weiter. War da ein Hauch von Verlegenheit in Dimitris Augen? Bridget war verblüfft, dann aber verstand sie, was Dimitri da andeutete. Sie, Bridget, sollte das kleine Extra sein! Unwillkürlich begann sie ihre Spalte wie eine Knospe zu öffnen. „Deck 2, die Tür hinter dem Fitnessraum, in einer halben Stunde. Ich habe dir in deiner Kabine etwas zurechtgelegt!", sagte Dimitri dann.

Bridget war kurz verwirrt. Sie war verletzt, weil Dimitri sie wie ein Sexspielzeug behandelte, mit dem selbstverständlich auch andere spielen durften. Sie war irritiert, weil sie trotz des skandalösen Arrangements, das Dimitri für sie getroffen hatte, ihre Geilheit und ihr Gieren nach dem nächsten sexuellen Kick spürte. Bridget merkte auch, dass sie ein wenig verängstigt war über die Tatsache, dass sie ihren sexuellen Impulsen längst nichts mehr in den Weg stellte. Bridget atmete tief durch, kippte den restlichen Drink hinunter und besann sich: Sie nahm sich vom Leben, was dieses zu bieten hatte. Sie war niemandem Rechenschaft schuldig. Die moralischen Standards der Anderen waren irrelevant.

Noch einmal atmete Bridget tief durch. Ihre Verunsicherung legte sich. Ein Grinsen huschte über ihr Gesicht. Nun war sie wieder die, die sie sein wollte. Mit Vorfreude ging sie auf ihre Kabine. Der dünne Latex-Mini, das transparente Oberteil und die Plateau-High-Heels, die Dimitri auf ihr Bett gelegt hatte, überraschten sie nun nicht im Geringsten. Hier ging es nicht mehr um einen edlen, modisch-eleganten Auftritt mit Sex-Appeal, das hier war purer Nutten-Look, der das Testosteron der Männer zum Sprudeln bringen sollte. Bridget machte sich frisch und zog sich um. Dann betrachtete sie sich im Spiegel: Dimitri würde seinen Deal bekommen, soviel war sicher.

Bridget verließ ihre Kabine und stakste den Gang entlang zum Lift. Ihr Herz raste und sie hatte Lust auf Sex. Als sie den Aufzug auf Deck 2 verließ, wartete Dimitri schon auf sie. Er hob kurz eine Augenbraue. Ein lüsternes Grinsen huschte über sein Gesicht. Er nahm sie an der Hand und führte sie am Fitnessraum vorbei zu einer offenstehenden Tür. Der Raum dahinter war völlig dunkel. „Es handelt sich um einen Darkroom. Bist du bereit?" Bridget fixierte Dimitris Augen. Beide wussten, dass sich Dimitri sehr viel erlaubt hatte. Dimitri versuchte, sich Bridgets Blick zu entziehen. Forsch fasste Bridget ihn mit Daumen und Zeigefinger an seinem Kinn und zwang ihn so, ihr in die Augen zu schauen. „Wenn es dieser Typ nicht bringt, dann will ich einen Blumenstrauß und ein kleines diamantenes Extra als Entschuldigung. Hast du das verstanden?" Den letzten Satz sagte sie mit besonderer Eindrücklichkeit. Dimitri nickte nur. Bridget entwand sich einer Hand und betrat selbstbewusst den Raum. Es war warm, die Luft duftete nach Rosen, das Lüftungssystem erzeugte einen zarten Wind. Sphärische Klänge mit einer orientalischen Note erfüllten den Raum. Dimitri schloss die Tür hinter sich. Die Decke in diesem Raum erzeugte ein zartes, kaum wahrnehmbares rötlich-violettes Licht. Nach wenigen Momenten hatten sich ihre Augen an dieses Schimmern gewöhnt und sie konnte die Silhouetten von zwei Männern erkennen. Außer Dimitri war da ein zweiter Mann und was

Bridget sah, gefiel ihr. Der Typ war groß und muskulös, er hatte breite Schultern. Es dauerte nicht lang und Bridget spürte, wie sich eine kräftige Hand auf ihre Hüfte legte. Jemand war sehr leise von hinten an sie herangetreten. Es war Dimitri. Er legte seine andere Hand auf ihre linke Pobacke. Bridget nahm Dimitris Duft wahr und entspannte sich. Ein herzhafter Klaps klatschte auf ihren sehr stramm in Latex verpackten Arsch.

Nun trat der andere Mann an sie heran. Er stand direkt vor ihr und Bridget bemerkte, dass auch dieser Mann angenehm gepflegt roch, auch wenn der Duft für Bridgets Geschmack eine Nuance zu herb war. Er war weniger zärtlich und vorsichtig, aber sehr geschickt. Lüstern griffen diese Hände nach ihren Brüsten und begannen, das üppige Fleisch auf ihren Rippen zu stimulieren. Bald schon schob der Mann seine Hände unter das enge, transparente Top – er war offenbar gierig auf nackte Haut.

Inzwischen hatte sich Dimitri eng an Bridget herangeschmiegt und drückte ihr eine mächtige Erektion gegen ihr Hinterteil. Bridget vernahm ein leises Stöhnen – Dimitris Lippen waren nur Zentimeter von ihrem Nacken entfernt. Er küsste sie auf den Hals.

Die Dinge beschleunigten sich nun. Eine Hand schob den Minirock hoch und prüfte gekonnt die Feuchte in ihrem Schritt. Jemand schob ihre Beine auseinander, sodass sie nun in deutlicher Grätsche dastand. Nicht nur ihre Lustspalte wurde tastend überprüft. Gierige Hände fassten ihr an den Arsch.

„Bück dich!" Es war Dimitris Stimme. Seine Stimme klang rau und lüstern. Bridget bückte sich trotzdem und stützte sich mit den Händen unterhalb ihrer eigenen Knie ab. Sexualhormone fluteten ihren Körper, als ein Finger ihren Anus gekonnt mit Gleitgel vorbereitete.

Bridget ging ins Hohlkreuz und präsentierte ihren Arsch so offenherzig wie möglich.

„Braves Mädchen!", hörte sie Dimitri sagen. Bridget liebte es, wenn sie für ihre sexuellen Reize gelobt wurde. Sie spürte, wie Dimitri sie an den Hüften packte und sich anschickte, ihr seinen Schwanz in ihr aufnahmebereites Lustzentrum zu schieben. Dann aber überlegte er es sich offenbar anders.

„Du bist der Gast, Anatol!", hörte sie Dimitri sagen. Dimitri überlies Anatol seinen Platz und dieser ließ sich nicht lange bitten. Kräftige Hände packten Bridgets Hüften und schoben ihren Schoss auf einen prallen, heißen Penis, der vor sexueller Gier heftig pulsierte. Bridget entfuhr ein unterdrücktes Stöhnen, als Anatol in sie eindrang. Seine Stöße waren lustvoll und kräftig, sein Rhythmus perfekt. Bridget gab sich nun völlig ihrer sexuellen Lust hin. Anatol war gut bestückt und durchtrainiert. Überdies verstand er sein Handwerk. Er nahm Bridget so, wie sie genommen werden wollte: animalisch, triebgesteuert, hart zur Sache kommend.

Während Anatol Bridget wieder und immer wieder seinen Schwanz in ihren Unterleib rammte, hatte Dimitri begonnen, seine Erektion an Bridgets Lippen heranzuführen. Gierig griff sie nach diesem göttlichen Penis, doch Dimitri erlaubte es nicht.

„Nicht so gierig, mein Fräulein!", sagte er und entzog sich ihrem Zugriff, indem er einen Schritt nach hinten machte.

Bridget war längst in ihrer Rolle als unterwürfiges Lustobjekt angekommen. „Nein!", hörte sie sich wimmernd flehen. „Bleib da!" Sie wusste, dass es Dimitri gefiel, wenn sie sich beim Sex so unterwürfig gab. Bridget schlüpfte aber nicht in diese Rolle, weil es Dimitri oder anderen Männern gefiel. In ihr selbst war diese unerklärliche, gleichermaßen magische wie unwiderstehliche Kraft, die sie in die Position der Unterwürfigkeit hineinsog. Der sexuelle Kontrollverlust war wie ein Rausch. Nur wenn sie betrunken war, sich dem Shopping-Exzess hingab oder gefickt wurde erlebte sie dieses Gefühl der totalen Schrankenlosigkeit.

Dimitris angeschwollenes Teil war schon feucht, trotzdem streichelte er damit ihre Wangen. Immer wieder versuchte Bridget, mit ihren Lippen nach dem Phallus zu schnappen. „Du willst meinen Schwanz wirklich haben?", fragte Dimitri mit süffisanter Stimme, nachdem Bridget wieder erfolglos versucht hatte, seinen Penis in ihrer Mundhöhle zu versenken.

Bridgets Atem ging unregelmäßig. Sie konnte nur an die zwei mächtigen Schwänze denken, die sie gerade bearbeiteten und vor lauter Lust fiel ihr das Luftholen schwer. Außerdem waren Anatols Stöße so heftig, dass sie sich bemühen musste, auf ihren Heels nicht das Gleichgewicht zu verlieren.

Endlich erlöste Dimitri Bridget von ihren Lustqualen. Er packte Bridget mit beiden Händen am Hinterkopf und schob ihr genüsslich sein tropfendes Glied zwischen die Lippen. Bridget saugte und leckte und konnte nicht genug bekommen.

„Ich habe selten ein so gieriges Mädchen erlebt!", sagte Anatol schließlich, ebenfalls schwer atmend und mit fremdländischem Akzent. Er gab Bridget einen anerkennenden Klaps auf den Po und entzog sie ihr. „Ich brauche eine Pause, Mann!", stöhnte er. Dimitri tat es ihm gleich. Sein Lustpegel war in gefährliche Höhen gewandert und wenn Bridget so weitermachte, würde er sehr bald sehr heftig abspritzen.

Nachdem sich ihr die Männer entzogen hatten, ebbte auch Bridgets sexuelle Trance ein wenig ab. Jetzt erst spürte sie ihre schmerzenden Füße. Schwindel erfasste sie, als sie sich nach langer, gebückter Haltung wieder aufrichtete und der Blutdruck in ihrem Kopf nachließ. Sie wischte sich über den Mund. Der Oralsex mit Dimitri hatte ihr Makeup garantiert übel zugerichtet.

„Knie dich auf's Bett!", befahl Dimitri ein paar Augenblicke später. Bridget machte Anstalten, sich ihrer High-Heels zu entledigen. „Anlassen!", ordnete Dimitri an. Seine Stimme war noch rauer als zuvor. Bridget gehorchte und kletterte auf das Bett. Sie legte die Unterarme auf der Matratze ab und strecke erwartungsvoll ihren Po nach oben. Mit kräftigem Griff sorgte einer der Männer dafür, dass ihre Beine noch weiter gespreizt wurden.

„Schau' mal, was ich da für dich habe!", raunte Dimitri heiser. Eigentlich ging diese Aufforderung ins Leere, weil es zu dunkel war, um mehr als Umrisse und Schatten erkennen zu können. Stattdessen spürte Bridget, dass ihr Dimitri einen harten Gegenstand mit samtig-glatter Oberfläche an die Lippen führte. Bridget dachte an einen Vibrator oder Dildo und öffnete gierig ihren Mund. Wenn die Männer schwächelten, dann würde sie sich eben eine Zeitlang mit diesem Sextoy vergnügen lassen, dachte Bridget mit einem Gefühl der sexuellen Überlegenheit. Niemand konnte mit ihrer sexuellen Lust und Ausdauer mithalten!

Dann aber merkte sie, dass ihr Dimitri einen Analplug in den Mund geschoben hatte, und zwar ein mächtiges Teil. Bridgets Herz raste. Das Ding war wirklich heftig und selbst für sie würde eine Penetration mit diesem Toy eine Herausforderung werden.

„Mach ihn nass, es ist in deinem eigenen Interesse!" Dimitris Stimme bebte vor Erregung. Er zog den Plug aus ihrem Mund und machte sich eilig davon, um ihren Arsch zu verwöhnen.

Die kurze Phase, in der das lasterhafte Trio von der Mitte des Raumes ins Bett gewechselt war und in der die sexuelle Energie ein wenig nachgelassen hatte, war längst wieder vorbei. Bridget spürte, wie Dimitri mit einem mit Gleitgel eingefetteten Finger ihre Rosette langsam auf die große Aufgabe vorbereitete. Anatol war inzwischen auf's Bett geklettert und hatte sich mit gespreizten Beinen direkt vor ihr Gesicht gesetzt. Ein mächtiges Teil wurde ihr da präsentiert und Bridget ließ sich nicht lange bitten: So ein Schwanz wollte gelutscht werden!

Bridget war schon einige Momente mit Zungen- und Lippenspiel befasst, als Dimitri begann, ihr den mächtigen Analplug in den Arsch zu schieben. Vorsichtig, Millimeter für Millimeter, arbeitete sich das Teil in ihr Innerstes. Manchmal gab Dimitri wieder ein wenig nach, dann ging es weiter, mit sanftem Druck und geschickter Rotation. Mit jedem neuen Millimeter wurde das Feuerwerk an sexuellen Eindrücken, das sie empfand, bunter, greller und schließlich verschlang ihr Körper mit einer kurzen und sich himmlisch anfühlenden Kontraktion das Präsent, das ihr Dimitri gemacht hatte.

„Wie gierig du doch bist!", stöhnte Dimitri. „Wie ich dich kenne, willst du meinen Schwanz auch noch!" Bridget aber hatte gerade den Mund voll und konnte nicht antworten. Dimitri erwartete auch gar keine Replik auf seine rhetorische Frage, er kannte seine Bridget und machte sich ans Werk. Völlig ausgefüllt von Schwänzen und Analplug gab sich Bridget in den nächsten Minuten einer hemmungslosen und geilen Fickerei hin. Sie stöhnte und schwitzte, die Säfte der Lust rannen in Strömen. Alle drei Spielpartner kamen voll auf ihre Rechnung und irgendwann kehrte Ruhe ein im Darkroom der Huntington.

KAPITAL 7 - GESCHENKE

Am nächsten Morgen verwandelte sich Bridget wieder in ihr anderes Ich: Bleistiftrock, enge Bluse, auf Taille geschnittener Blazer, dunkle Strümpfe, breiter Gürtel und Heels von Saint Laurent machten sie zur erfolgreichen Geschäftsfrau. Derart gestylt begab sich Bridget auf das Achterdeck, auf dem das Frühstück serviert werden sollte. Geräuschlos tauchte ein eleganter Steward auf und erkundigte sich, was Bridget zum Frühstück trinken wolle.

Bridget setzte sich. Laue, würzige Meeresluft umspielte ihre Nase und Bridget merkte, dass sie nach den Eskapaden der letzten Nacht einen mächtigen Hunger hatte. Von Dimitri war nichts zu sehen. Bridget war das ganz recht, am Morgen hatte sie gerne ein paar Minuten für sich allein. Sie blickte sich um: Die Sonne stand noch recht tief, das Licht war warm, in der sanften Dünung schaukelten die Luxusyachten der kalifornischen High-Society. Ein Möwe landete auf dem Pier und schaute sich neugierig um. Bridget grinste versonnen. Hier ließ es sich wirklich leben, dachte sie und begann, sich dem Frühstück zu widmen.

Der Steward tauchte wieder auf und brachte den Kaffee. Er hatte aber nicht nur den heißen Muntermacher dabei, sondern auch eine kleine, handschriftliche Notiz von Dimitri und ein noch kleineres, in Geschenkpapier gehülltes Päckchen, kaum größer als eine Streichholzbox.

„Dimitri wünscht, dass ich Ihnen dies aushändige!", sagte der Steward emotionslos. Bridgets Neugierde war geweckt. Rasch faltete sie die Notiz auf: „Der Deal ist in trockenen Tüchern! Im Päckchen befindet sich dein Anteil!"

Bridget öffnete das Geschenk. Darin befand sich eine Halskette mit einem Anhänger. In dessen Mitte prangte ein bemerkenswert glitzernder Stein – aus Glas war dieses Prachtstück ganz sicher nicht. Bridgets Herz pochte. Dieser Schmuck war garantiert ein Vermögen wert und luxuriöse Dinge lösten in Bridget stets ein wohlig-warmes Schauern aus. Sie hatte erst vor wenigen Stunden mit Dimitri Sex gehabt, und nach diesem Präsent war sie schon wieder in Stimmung.

Bridget verdrängte ihre Lust. Stattdessen beendete sie ihr Frühstück und ging in ihr Büro. Sie begann den Arbeitstag mit einem Videotelefonat mit Nate und der kleinen Sarah. In Europa war es bereits Nachmittag und Bridgets Tochter freute sich riesig, ihre Mama zu sehen. Sarah berichtete von ihren Erlebnissen im Kindergarten und über einen dramatischen Unfall, den sie gestern am Spielplatz hatte. Sie deutete auf eine Beule auf ihrer Stirn, die aber so winzig war, dass man sie am Bildschirm gar nicht erkennen konnte. Vermutlich gab es diese Beule gar nicht. Nate, der auch im Bild war, grinste nur und Bridget erkannte, dass sie es mit einem Fall kleinkindlicher Übertreibungskunst zu tun hatte. Als liebevolle Mutter bekundete sie trotzdem ihr Entsetzen und ließ sich die Vorfälle des Vortages in allen Details schildern.

Bridget selbst zog es vor, die Details ihres letzten Tages unter den Teppich zu kehren. Sie erzählte den beiden nur, wie warm es in Kalifornien noch war, wie luxuriös das Schiff ausgestattet war und dass sie in zwei Tagen wieder die Heimreise antreten würde.

„Wir freuen uns auf dich!", meinte Nate und Bridget merkte, dass er es mit ganzem Herzen so meinte. In diesem Moment spürte Bridget ein wenig Heimweh.

„Zwei Tage vergehen schnell, ich freue mich auch auf euch!", sagte sie nur. Nate erzählte in wenigen Sätzen, dass die Proben für die große Welttournee begonnen hatten. Er war voller Vorfreude auf dieses große Abenteuer und Bridget freute sich für ihn.

Nachdem sich Bridget von ihren Lieben verabschiedet hatte, widmete sie sich ihrer Arbeit. Immerhin sollten die Luxusyachten von Wolkow Limited mit erstklassiger Hard- und Software aus dem Hause Wringendorf ausgestattet werden. Noch während des Vormittags wurde Bridget einmal mehr klar, dass Dimitri zu viel gezahlt hatte: Es waren eigentlich nur Standard-Lösungen, die hier gebraucht wurden. Standard-Lösungen von der Stange. Lösungen, die locker zu implementieren waren. Bridget würde zwei ihrer besten Mitarbeiterinnen und Mitarbeiter mit den Routinedingen beauftragen und sich selbst mit der Supervision des Umsetzungsprozesses begnügen. Wenn es wo Schwierigkeiten geben sollte, würde sie sich intensiver einbringen. Bridget tätigte die nötigen Anrufe und schrieb die erforderlichen e-Mails und damit war der Stein ins Rollen gebracht.

Da es noch nicht einmal Mittag war, fand Bridget sogar Zeit, sich weniger vordringlichen Projekten, die nichts mit Wolkow Limited zu tun hatten, zu widmen. Wringendorf hatte dem Rekordgewinne versprechenden Projekt für Wolkow absolute Priorität eingeräumt und andere Aufträge in der Prioritätenliste nach hinten gereiht. Nun konnte sich Bridget viel früher und intensiver als gedacht um diese Aufträge kümmern. Bridget lächelte. Es lief alles wie geschmiert…

Zu Mittag tauchte dann Dimitri auf. Er war guter Laune und der Begrüßungskuss verursachte bei Bridget weiche Knie. In den Armen dieses Mannes war sie wie Wachs… Bridget begann, seine Krawatte zu lösen und die oberen Knöpfe des engen Designerhemds zu öffnen. Sie hatte schon eine Idee, wie sie sich für das Geschenk erkenntlich zeigen wollte. Doch zu ihrer Überraschung entwand sich Dimitri ihrem Zugriff.

„Es tut mir leid. Es gibt Ärger im Geschäft. Steuerfahnder sind heute Morgen aufgetaucht. Sie glauben, einer großen Sache auf der Spur zu sein!" Dimitri lachte. „Bei mir werden sie nichts finden. Ich muss aber trotzdem vor Ort sein. Hoffentlich bin ich am Abend zurück! Mache es dir schön!", forderte er Bridget auf. Er wollte schon wieder kehrtmachen, als ihn Bridget zurückhielt.

„Ich hatte es fast vergessen. – Dieser angebliche Lord Sinclair saß im gleichen Flieder wie ich. Du weißt schon, der Typ, der auf deiner Gartenparty war aber in Wirklichkeit für die Finanzbehörden arbeitet!"

Dimitri machte ein ernstes Gesicht. „Sinclair? Hier in Kalifornien? Bist du dir sicher?"

„Aber ja, ich bin blond, nicht blöd!", beharrte Bridget. „Es wird noch interessanter: Er arbeitete im Flugzeug an Unterlagen, auf denen auch dein Name aufschien!"

Dimitris Miene verfinsterte sich. „Du machst Witze, oder?", fragte er, obwohl er an Bridgets Gesicht sah, dass sie keine Scherze machte. Dimitri wirkte plötzlich nervös und besorgt, fand Bridget. Seine Frage beantwortete sie nur mit einem strafenden Blick. Natürlich machte sie keine Witze!

„Ich habe so getan, als würde ich auf die Toilette gehen und beim Vorbeigehen aus dem Handgelenk ein paar Fotos von diesen Unterlagen gemacht.", fuhr Bridget fort.

Dimitri riss die Augen auf. „Wie bitte? Du hast Fotos von diesen Dokumenten?"

Bridget beschwichtigte. „Die meisten taugen nichts. Ich bin ja schließlich nicht James Bond. Aber auf einem Bild kann man Einiges erkennen – ich schicke es dir!" Bridget holte ihr Mobiltelefon hervor und erledigte mit flinkem Fingerwischen den Versand des Bilddokuments. „Das ist mein Geschenk an dich!", sagte sie mit laszivem Tonfall, um Dimitri aufzuheitern. „Auch wenn ich nicht glaube, dass das Foto nur annähernd so wertvoll ist wie dein Schmuck!"

Dimitri überging Bridgets Aufheiterungsmanöver und holte sein Telefon hervor. Es piepste. Dimitri öffnete das Dokument und nach wenigen Momenten machte er den Eindruck, als wäre er dem leibhaftigen Teufel begegnet. Er fluchte in seiner Muttersprache und obwohl Bridget nichts verstand ahnte sie, dass es keine harmlosen Schimpfwörter waren.

„Bridget – ich muss da einige Dinge regeln, dringend! Ich kann heute Abend nicht, und morgen vermutlich auch nicht. Ich muss ganz schnell ein paar wichtige Gespräche führen. Und ein paar Zahlen überprüfen. Ich melde mich!" Dann eilte Dimitri ins Schiff. Wenige Augenblicke hetzte er mit Laptop und Autoschlüssel an Bridget vorbei, eilte über eine schmale Gangway von Bord und stieg in einen dunkelroten Bugatti V12. Mit heulendem Motor und quietschenden Reifen machte sich Dimitri auf den Weg in die Stadt.

Von einem Augenblick zum anderen war völlige Ruhe auf der Huntington eingekehrt. Dimitri hatte Leben auf die Yacht gebracht, dann Hektik. Und jetzt war es wieder still. In Bridgets Kopf herrschte Chaos. Sie öffnete das Foto, das sie Dimitri geschickt hatte und betrachtete das Organigramm. Irgendwo auf diesem Foto mussten verhängnisvolle Informationen enthalten sein, sonst hätte Dimitri nicht so heftig reagiert. Bei Gelegenheit würde Bridget im Internet ein paar Recherchen anstellen.

Jetzt aber war ihr nach Bewegung zu Mute. Sie war mit der Arbeit gut vorangekommen, sie konnte sich also eine Auszeit leisten. Natürlich lockten auch die Sonne und der Pool. Dann aber würde ganz sicher der Steward auftauchen und sie zu einem (zu frühen) Cocktail überreden. Eine Jogging-Runde am Yachthafen würde ihr auf andere Art dabei helfen, dass Erlebte zu verarbeiten. Außerdem tat es ihrem Po nicht schlecht, wenn er ein wenig Sport abbekam. Und letztendlich war sie neugierig, was es am Yachthafen alles zu entdecken gab. Dimitri hatte angedeutet, dass sich südlich der Bucht ein Luxus-Villenviertel befand. Jene Millionäre, die sich keine Yacht leisten wollten, gönnten sich eben eine mehr oder weniger geschmackvolle Designervilla mit Pool und überdimensionierter Barbecue-Ecke. Da würde sich Bridget gerne ein wenig umsehen.

Bridget schlüpfte in ihrer Kabine in ihr Jogging-Outfit: Enge Jogging-Pants in ¾-Länge, dazu ein bauchfreies Sport-Top. Bridget war eine eitle Frau und ihr gefiel, was sie im Spiegel sah. Schnell sagte sie dem Steward Bescheid, dann machte sie sich auf den Weg.

Die ersten Laufschritte waren ein wenig beschwerlicher als sonst, dann aber verfiel sie in einen gleichmäßigen Rhythmus und nach einigen Minuten begann sie, ihr Herz, ihren Atem und ihre Muskeln zu spüren. Sie war zu sehr Hedonistin, um sich zu plagen und darum wählte sie stets ein moderates Tempo, welches sie nicht völlig an ihre Grenzen brachte. Die Meeresluft drang tief in ihre Lungen und sie merkte, wie ihre Gedanken und Gefühle zu wandern begannen. Hatte sie sich ursprünglich vorgenommen, die Gegend zu erkunden, so hatte sich nun ihre ganze Aufmerksamkeit ohne ihr Zutun ihrem Inneren zugewandt: Sie dachte an die Arbeit, an Dimitri, an die intime Begegnung im Darkroom der Huntington. Dann wandernden ihre Gedanken wieder zu Dimitri und dem Foto, das ihm heute Mittag solche Sorgen bereitet hatte. Und letztlich wanderten ihre Gefühle zu Nate und Sarah, die zu Hause auf sie warteten.

Als sie nach etwa vierzig Minuten wieder an Bord der Huntington ging, hatte Bridget einen Entschluss gefasst. Sie würde schon heute, einen Tag früher als geplant, nach Hause zurückfliegen: Dimitri hatte angedeutet, dass er in den nächsten Tagen keine Zeit für sie haben würde und auch die Arbeit verlangte ihre Anwesenheit hier auf der Huntington nicht länger. Nate und Sarah brauchten sie aber sehr wohl und würden sich über ihre frühzeitige Heimkehr sehr freuen. Bridget nahm eine schnelle Dusche, packte ihre Sachen, schlüpfte in eine praktische Reisegarderobe (Super-Skinny-Jeans von Replay, T-Shirt von Guess, Stiefeletten von

Valentino und eine Lederjacke von Hugo Boss) und verabschiedete sich keine dreißig Minuten später vom überraschten Steward. Ein Taxi brachte sie auf den Los Angeles International Airport. Dort gelang es tatsächlich, noch ein Business-Class-Ticket nach Frankfurt zu ergattern und nur drei Stunden nach ihrer Jogging-Runde, es war inzwischen Abend geworden, hockte sie in einer Boeing 757, die sich auf den Weg über den Atlantik zurück nach Europa befand.

KAPITEL 8 –
EIN UNERWARTETER EMPFANG

Bridget flog für ihr Leben gern: Auf Flughäfen pulsierte das Leben, man hörte und sah Menschen aus aller Herren Länder, hier fanden so manche Trennung und so manches Wiedersehen statt. Aufbruch und Heimkehr lagen in der Luft und außerdem – und das war für eine Frau wie Bridget von erheblichem Interesse - war die Dichte an interessanten Exemplaren der Gattung Mann ziemlich hoch.

Diesmal aber hielt sich ihr Interesse an Vertretern des anderen Geschlechts in Grenzen. Sie hatte viel erlebt, sie war müde und sie freute sich auf ihre Familie. Kein Wunder, dass Bridget über den Wolken – eingelullt vom sonoren Brummen der Flugzeugmotoren – in einen tiefen Schlaf gefallen war.

Nach der Landung war Bridget wie immer nach Langstreckenflügen wie elektrisiert. Stets hatte sie das Gefühl, dass nach dem Erreichen der Parkposition eine Uhr zu ticken begann. War man im Flugzeug der Crew und dem beengten Raum ausgeliefert und zu großer Passivität verurteilt, so gewann man am Flughafen das eigene Leben zurück: Nun ging es darum, überall die kürzesten Wege zu finden und Zoll und Gepäcksausgabe möglichst schnell hinter sich zu bringen. Die Müdigkeit war wie weggeblasen und Bridget durchschritt mit weiten Schritten die Hallen des Flughafens. Auch bei der Gepäcksausgabe ging es flott voran. Bridget sah bereits ihren Koffer auf dem Gepäcksband und sich selbst im Taxi nach Hause, als sie von einem Mann angesprochen wurde. Und was das für ein Mann war! Bridgets Jagdreflexe sprangen sofort an. Der Typ war groß, hatte dunkle Haare und markante Gesichtszüge. Die Augen waren ausdrucksstark, aufmerksam und dunkel, die Mundpartie etwas feiner als das restliche Antlitz. Schöne Lippen, fuhr es Bridget durch den Kopf. In rasender Geschwindigkeit hatte sie aber schon den prachtvollen Körper dieses Musterexemplars gescannt. Sie brauchte nur einen Bruchteil einer Sekunde, um einen muskulösen Oberkörper, kräftige Arme und gut proportionierte Beine auf der Habenseite verbuchen zu können. Nicht übel fand Bridget auch die Garderobe: enges, schwarzes Hemd, gut sitzende Jeans, gepflegte schwarze Schuhe. Schon hatte Bridget ihr gewinnendstes Lächeln aufgesetzt, als dieser prächtige Kerl ihr einen Ausweis vom Auslandsgeheimnis vor die Nase hielt. „Mein Name ist Jakob G. Thorstenson. Ich bin vom Auslandsgeheimdienst. Bitte folgen sie mir!"

Bridget fiel aus allen Wolken. Was passierte da gerade? „Ich bin gerade vom Zoll kontrolliert worden. Mein Gepäck und meine Papiere sind völlig in Ordnung!", protestierte sie.

„Ja, das glaube ich Ihnen sofort!" Thorstenson sagte dies freundlich und mit charmantem Lächeln. Er wirkte völlig entspannt und bot Bridget sogar an, ihr das Gepäck abzunehmen. Überrascht überließ sie Thorstenson ihren Rollkoffer. Als dieser nach dem Koffer griff und dabei kurz Bridgets Hand berührte, stellte Bridget zu ihrer Verblüffung fest, dass sich diese Berührung ungemein sinnlich anfühlte. Kurz ärgerte sie sich über sich selbst: War sie tatsächlich derart auf das Erobern von Männern fixiert, dass selbst in dieser absurden Situation ihre sexuellen Empfangsantennen auf voller Leistung arbeiteten? Doch lange konnte sich nicht in Selbstreflexionen ergehen. Sie hörte sich selbst eine, nein – gleich mehrere – Fragen stellen:

„Sind Sie eine Art Polizist? Bei wem kann ich mich erkundigen, ob sie das nicht nur vorgeben? Und was wirft man mir vor?

Thorstenson blieb kurz stehen. Er zeigte Bridget erneut seinen Dienstausweis. Bridget stellte sofort fest, dass der Typ fast zehn Jahre jünger war als sie selbst! Auf dem Ausweis stand es schwarz auf senfgelb. Hatte sie schon mal so junges Gemüse im Bett?

Sofort rief sie sich selbst zur Räson. Thorstenson klärte sie inzwischen auf: „Sehen Sie diesen zehnstelligen Code aus Zahlen und Buchstaben? Sie können jetzt jede beliebige Polizeidienststelle anrufen und man wird ihnen versichern, dass ich ein offizieller Vertreter der Sicherheitsbehörden dieser Republik bin. Ich würde es an ihrer Stelle machen, das gehört zu ihren staatsbürgerlichen Rechten."

Bridget stutzte. Dieser unverschämt gutaussehende Kerl nahm sie hier auf dem Flughafen fest und laberte seinen juristischen Standardtext herunter und war dabei sowas von charmant, dass sie es nicht schaffte, ihn unmissverständlich in seine Schranken zu weisen.

„Nein, ich glaube ihnen.", seufzte Bridget. Inzwischen ahnte sie, dass sie das alles Dimitri zu verdanken hatte. Dimitri steckte in Problemen und sie war, warum auch immer, ins Kreuzfeuer der Behörden gekommen. Bridget rief sich ins Gedächtnis, dass sie sich nichts hatte zu Schulden kommen lassen und dass sie jetzt nur noch die Thorstensons dieser Welt davon überzeugen musste. Der Ärger, der sich zuerst auf Thorstenson gerichtet hatte, traf nun ihren Dimitri. Sie in seine miesen Geschäfte hineinzuziehen! Was bildete er sich ein? Glaubte er, dass dieser Diamant genug Entschädigung dafür war, dass sie sich nun in polizeilichem Gewahrsam befand?

Das Halsband! Unwillkürlich griff Bridget an den Anhänger, der um ihren Hals baumelte. Sie hatte den Schmuck durch den Zoll gebracht, indem sie ihn ganz einfach offen getragen hatte. Beim Metalldetektor hatten ihr die Sicherheitsbeamten sogar dabei zugesehen, wie sie den Schmuck ablegte und zur Durchleuchtung in die kleine Kunststoffwanne legte. Keiner zuckte auch nur mit einer Wimper.

„Machen sie sich keine Sorge wegen des Schmucks. An ihrer Schmuggelei sind wir nicht interessiert. Es handelt sich auch nicht um Hehlerware, Wolkow hat das Stück ganz legal erworben!"

Bridget blieb die Spucke weg. Dieser Thorstenson war gut informiert! Und wie lässig er seine Erkenntnisse preisgab! War da jetzt erstmals eine Spur Arroganz in seinem Lächeln? Bridget fand, dass dieser Typ von Sekunde zu Sekunde interessanter wurde. Bridget verspürte nun Lust, den Spieß umzudrehen und das Ruder in dieser Konversation an sich zu reißen.

„Sie wüssten sicher zu gern, womit ich mir bei Dimitri diesen Klunker verdient habe, stimmt's?". Bridget grinste frech und suchte den Blick des jungen Beamten. Einschüchtern ließ sie sich nicht von diesem Jüngling!

Throstenson tat so, als ob er Bridget nun das erste Mal eingehend mustern würde. Er taxierte ihre Beine, ihren Busen, dann ihre Lippen. „Oralsex?", tippte er dann und setzte dabei ein Gesicht auf, als hätte er nach ihrem Sternzeichen gefragt.

Bridget entfuhr ihr ehrlichstes und einnehmendstes Lachen. Der Kerl gefiel ihr. „Werden sie mich verhören? Ich könnte mir vorstellen, dass wir unseren Spaß haben werden!" Bridget sah, dass Thorstensons über das ganze Gesicht grinste. „Wir werden sehen", sagte er nur.

KAPITEL 9: DAS VERHÖR

Thorstenson brachte Bridget mit einem grauen Volvo in die Innenstadt. Nicht weit von der Straße, in der Bridgets Penthouse lag, parkte er vor einem unscheinbaren, zweistöckigen Jahrhundertwende-Haus mit vergleichsweise kleinem Grundriss. Der schmale Vorgarten war schlicht, Rollos verdeckten die Fenster und die Schalttafel mit den Klingelknöpfen für die vier Appartements war unbeschriftet.

„Sind sie sicher, dass das ein Polizeigebäude ist?", fragte Bridget. Sie wollte gerade aussteigen, doch Thorstenson wies sie an, sitzenzubleiben. Bridget beobachtete, wie Thorstenson ausstieg, um das Auto ging und ihr die Tür öffnete: „Darf ich bitten?" Mit einer kaum wahrnehmbaren Kopfbewegung deutete er Bridget, das Fahrzeug nun zu verlassen.

Bridget lachte und schüttelte den Kopf. „Und was ist mit meinem Gepäck?"

„Ich bringe sie nach der Einvernahme nach Hause, wenn es ihnen recht ist.", verkündete Thorstenson trocken.

„Das könnte Ihnen so passen!", lachte Bridget. „Den Koffer bitte!", forderte sie den Polizisten nun auf. Thostenson machte ein missmutiges Gesicht und hievte Bridgets Gepäck aus dem Wagen.

Im Inneren der Villa sah es völlig anders aus, als der äußere Anschein vermuten ließ. In einem nüchternen Empfangsbereich saß hinter Panzerglas eine Beamtin in Uniform, die Thorstenson in vertraulichem Tonfall begrüßte. Die rundliche Frau Mitte dreißig musterte Bridget eingehend. „Wir nehmen jetzt ihre Personalien auf, dann geht es durch die Sicherheitskontrolle!", erklärte sie. „Ihr Gepäck wird ebenfalls durchleuchtet und hier bei mir hinterlegt. Wie versiegeln den Verschluss, sie bekommen eine Quittung. Wenn sie das Haus verlassen, bekommen Sie Ihr Eigentum zurück!"

Bridget war beeindruckt. Sie kam sich inzwischen wirklich vor, als wäre Sie in einem mittelmäßigen Spionagethriller gelandet.

Wenig später saßen Bridget und Thorstenson in seinem Büro. „Brauche ich eigentlich einen Anwalt?", fragte Bridget. Thorstenson saß an seinem Schreibtisch. Er hatte kurz ein Dokument in Augenschein genommen, das auf seinem Schreibtisch lag und blickte auf.

„Sie können sich natürlich einen Anwalt nehmen. Aber das hier ist eine informelle Befragung. Sie werden nicht als Verdächtige geführt. Es wird auch kein rechtsgültiges Protokoll oder eine Aufzeichnung von diesem Gespräch geben. Es dient lediglich der Informationsbeschaffung."

Throstenson stand auf. Er ging um seinen Schreibtisch herum und direkt auf Bridget zu. Bridget saß auf einem Stuhl vor dem Schreibtisch, die Distanz zur Tischkante betrug kaum 50

Zentimeter. Und just hier, zwischen ihren Knien und der Tischkante, lehnte sich Thorstenson nun mit seinem knackigen Arsch gegen das Büromöbel. Er verschränkte seine Arme, sodass sein Bizeps noch mächtiger aussah.

„Dann wollen wir beginnen, einverstanden?" Da Thorstenson stand und Bridget saß, musste sie nach oben blicken, um ihrem Gesprächspartner in die Augen schauen zu können. Dieser Vorzeigeknabe spielt doch Spielchen mit mir, dachte Bridget. Sie hatte längst beschlossen, sich auf sein Spiel einzulassen. Schon am Flughafen hatte Bridget gespürt, dass was in der Luft lag zwischen ihnen und sie hatte überhaupt nicht das Gefühl, als ob die Angelegenheit ernst wäre.

„Woher kennen Sie Wolkov?", begann Thorstenson.

„Kann ich eine Zigarette haben?", gab Bridget mit einer Gegenfrage zurück. Sie versuchte, völlig unschuldig zu wirken.

„Eine Zigarette?" Thorstenson war verblüfft. „Wir haben sie wochenlang observiert. Sie rauchen nicht! Warum wollen Sie eine Zigarette? Außerdem ist das Rauchen in diesem Gebäude verboten!"

Bridget war zufrieden. Sie würde diesen Jüngling jetzt schrittweise aus dem Konzept bringen.

„Jetzt aber ist mir danach. Ich glaube nicht, dass ich ohne Zigarette ihre Fragen beantworten kann." Bridget schaute naiv und erwartungsvoll und beobachtete Thorstenson. Noch lächelte er.

„Selbst wenn sie eine Raucherin wären, ich dürfte es ihnen nicht erlauben. Es ist verboten, so einfach ist das!", meinte Thorstenson.

Bridget tat so, als wäre sie enttäuscht. „Sie sind also ein spießiger Vorzeigebeamter, der jede kleinliche Dienstvorschrift übererfüllt, nur damit Mami zu Hause stolz auf ihn sein kann?" Bridget setzte ein hämisches Grinsen auf.

Thorstenson verzog sein Gesicht. Dann verließ er das Büro und kam einen Moment später mit einer Packung Marlboro und einem Feuerzeug zurück. Wortlos nahm er eine Zigarette aus der Packung, dann trat er an Bridget heran. „Böser Junge!", sagte sie und öffnete lasziv ihre Lippen, sodass Thorstenson ihr den Glimmstängel in den Mund schieben konnte. Bridget bemühte sich, die Zigarette so sinnlich wie möglich mit ihren Lippen zu umschließen. Sie ließ Thorstenson dabei nicht aus den Augen. Thorstenson gab ihr Feuer und zu ihrem Amüsement bemerkte sie, wie sich Hals und Wangen des Agenten röteten und er sich ganz kurz, nur einen Augenblick lang, mit dem oberen Eckzahn auf die Unterlippe biss. Bridgets Vorführung zeigte Wirkung!

Thorstensons Verlegenheit hatte aber seinen Preis. Bridget ekelte vor Zigaretten, sie war den beißenden Rauch nicht gewöhnt und sie musste gegen den Hustenreiz ankämpfen. Thorstenson würde sie lauthals auslachen, wenn sie jetzt zu husten begänne. Aber wenn Bridget eine Stärke hatte, dann war es ihre Selbstdisziplin. Sie würde cool und tough bleiben und sich nichts anmerken lassen.

„Ich kenne Dimitri nur geschäftlich. Seine Firma hat eine Hard- und Softwarelösung bei meinem Arbeitgeber, der Firma Wringendorf, in Auftrag gegeben." Bridget blies Thorstenson, der sich wieder vor ihr aufgebaut hatte, den Rauch ins Gesicht.

Thorstenson sah nicht gerade begeistert aus, aber auch er versuchte, sich nichts anmerken zu lassen.

„Worum geht es bei dem Auftrag?", fragte Thorstenson. Bridget ließ sich Zeit, zog an der Zigarette und stellte erleichtert fest, dass der Hustenreiz langsam nachließ. Dann schilderte sie in kurzen Sätzen, worum es ging. „Aber wenn sie Wolkow schon monatelang auf den Fersen sind und sogar mich seit Ewigkeiten observieren, dann müssen sie das doch alles längst wissen!", schloss Bridget ihre Ausführungen. Sie zog ihre rechte Augenbraue hoch und klopfte die Asche der Zigarette mit ihrem rot lackierten Zeigefinger ab, sodass die Asche auf Thorstensons makellosen Schuh fiel. Bridget nahm noch einen Zug und reichte Thorstenson mit spitzen Fingern den noch brennenden Zigarettenstummel. Sie schenkte ihm sein süffisantestes Grinsen.

Thorstenson versuchte, Haltung zu bewahren. Er nahm die abgerauchte Zigarette, ging zu einem kleinen Waschbecken hinter seinem Schreibtisch, drehte den Wasserhahn auf und löschte die Glut des Glimmstängels. Dann kam er zurück. Wieder lehnte er sich stehend vor Bridget an den Schreibtisch. Ohne sie aus den Augen zu lassen, nahm er die Zigarettenpackung, die auf dem Tisch gelegen hatte, zog mit erstaunlich akkurat manikürten Fingern eine weitere Zigarette aus der Packung und führte sie an Bridgets Lippen. Diesmal hatte er es, der ein süffisantes Grinsen im Gesicht hatte.

Bridget machte keine Anstalten, die Lippen zu öffnen. „Später vielleicht!", sagte sie nur und blickte Thorstenson an. Da bemerkte sie, dass sich sein Gesichtsausdruck geändert hatte. Bisher hatte sein Blick zwischen Humor, Ironie, Selbstbeherrschung, Entgegenkommen und Geduld gewechselt, jetzt aber dominierten Zielstrebigkeit, Durchsetzungswille und Dominanz seinen Ausdruck.

„Lippen auf!", sagte er derart fordernd, dass Bridget fast die Luft wegblieb. Schon bisher lag eine diffuse erotische Spannung in der Luft, jetzt aber wurde Bridget von heftigen sexuellen Gefühlen erfasst. Sie hätte es nie für möglich gehalten, dass dieser 30-jährige Jüngling sich schlagartig in einen derart dominanten Mann verwandeln konnte. Brav öffnete sie ihre Lippen. Als Thorstenson ihre zweite Zigarette anzündete, sah Bridget ungläubig, wie die Süffisanz im Blick des Polizisten eine sadistische Note bekam. Der Mann war zu heftigen Gefühlen fähig, dämmerte es ihr. Je besser Bridget Thorstenson kennenlernte, umso interessanter fand sie ihn.

Zwischen ihren Beinen kribbelte es. Sie setzte sich um, schlug das andere Bein noch oben und hoffte, durch diese Veränderung das weitere Aufkommen sexueller Reize unterbinden zu können. Dabei hatte sie das Gefühl, von Thorstenson genau beobachtet zu werden.

„Ihre Beziehung ist also nur geschäftlich?", frage Thorstenson.

„Nur geschäftlich!", log Bridget. Ihre Augen brannten vom Rauch, darum hielt sie mit gestrecktem Arm die Zigarette auf Distanz. Sie betrachtete ihre perfekt lackierten Fingernägel und sah, dass ihr Lippenstift einen roten Abdruck auf dem Filter hinterlassen hatte. Dieser Anblick wirkte ungewöhnlich und fremd auf Bridget. Sie wusste aber, dass es nicht wenige Männer gab, die rauchende Frauen erotisch fanden. Obwohl Bridget nie geraucht hatte, hatte sie sich als Studentin von einer Kommilitonin zeigen lassen, wie man souverän eine Zigarette rauchte und dabei möglichst sexy aussah. Bridget fand, dass das zum Repertoire einer Frau dazugehörte.

Inzwischen wirkte das Büro wie einer billigen Jerry-Cotton-Verfilmung entnommen: Dichte Rauchschwaden zogen durch das abgedunkelte Zimmer, das Licht der Lampe wurde durch den Rauch gestreut und wirkte wie gedämpft.

„Sie spielen mit Wolkov Golf, er schenkt ihnen ein Penthouse, sie treiben sich auf seinen Gartenpartys herum und verbringen gemeinsame Zeit auf seiner Luxusyacht. Aber ihre Beziehung ist nur geschäftlich, habe ich sie richtig verstanden?"

Bridget ließ sich Zeit. Das Nikotin bereitete ihr ein gewisses Unwohlsein. Sie entschied, die Zigarette vor sich hin glimmen zu lassen und vorerst auf den dramatischen Effekt des Rauchens zu verzichten.

„Ja, so ist es!", sagte sie dann und hätte fast laut aufgelacht, so absurd war diese Antwort. Thorstenson grinste ebenfalls und schüttelte den Kopf. Wieder änderte sich sein Gesichtsausdruck. Es sah fast so aus, als zögen dunkle Wolken auf. Dann trat er ganz nahe an Bridget heran und beugte sich zu ihr hinunter. Ihre Nasen berührten sich fast. Bridget spürte trotz des Rauches seinen Geruch. Er duftete gepflegt, wenn auch eine Nuance zu herb für ihren Geschmack. Gerade, als sich in ihren Gedanken eine unfassbare Erkenntnis zu manifestieren begann, hörte sie Thorstenson mit fremdländischen Akzent sagen: „Anatol hat mir aber etwas anderes berichtet. Anatol hat sie gefickt, Dimitri hat sie gefickt. Und ich muss sagen, ich habe noch nie eine Frau erlebt, die so gierig nach großen Schwänzen ist!"

Thorstenson war Anatol!

Schockiert schnappte Bridget nach Luft. Dann nahm sie einen tiefen Zug von der fast niedergebrannten Zigarette und begann heftig zu husten. Thorstenson stand wieder auf, ging hinter seinen Schreibtisch. Bridget drückte die Zigarette auf der Lehne des Stuhls aus und ließ die Kippe achtlos auf den Boden fallen.

„Noch eine?", fragte Thorstenson, diesmal wieder ohne Akzent, sondern gelassen und ruhig.

„Hätten Sie stattdessen vielleicht einen Drink für mich?", bat Bridget. Langsam erholte sie sich von diesem Schock. Sie war gespannt, was jetzt kommen würde.

„Ich habe jetzt auch einen nötig! Aber nicht hier!", gab Thorstenson zurück.

„Kennen Sie das Verre à champagne doré?" schlug Bridget vor.

KAPITEL 10: OFFENE KARTEN

Wenig später betrat Bridget mit Thorstenson das Verre à champagne doré. Irina begrüßte sie überschwänglich. Dann musterte sie Bridgets männliche Begleitung. Irina zwinkerte Bridget anerkennend zu. Da war ihrer Freundin wieder ein prachtvolles Exemplar ins Netz gegangen!

Während Irina die beiden an einen ihrer besten Tische führte, fragte sie ihre Freundin Bridget im Flüsterton: „Wo hast du den wieder aufgegabelt! Der ist ja schnuckelig!" Bridget zuckte nur mit den Achseln und signalisierte ihrer Freundin, dass sie vorerst nicht bereit war, dieses Geheimnis preiszugeben. „Und, wie ist er im Bett?", erkundigte sich Irina weiter.

„Er hält, was er verspricht!", gab Bridget wissend zurück und Irina zeigte sich mit Bridgets Antwort sehr zufrieden. Sie leckte genüsslich mit der Zunge über ihre Lippen und lachte.

Nachdem Bridget und Thorstenson Platz genommen und sich Irina wieder ihrer Arbeit zugewandt hatte, stockte die Unterhaltung ein wenig. Thorstenson schien damit beschäftigt zu sein, das Ambiente des Verre à champagne doré aufzunehmen. Bridget fühlte sich nun müde und erschöpft. Der Flug und die Offenbarung, dass Anatol Thorstenson war, steckten noch in ihren Knochen. Als Irina die Bestellung aufnahm, bemühte sie sich erst gar nicht, ihrem Vorsatz, sich erst am Abend einen Drink zu erlauben, einzuhalten. Sie würde sich einen Brandy gönnen.

„Ein Brandy für die Dame und für mich ein kleines Bier!", hörte sie Thorstenson sagen. Konnte der Kerl Gedanken lesen? Bridget war beeindruckt. Sie blickte Thorstenson fragend an, doch dieser verzog keine Miene.

Nachdem Thorstenson an seinem Bier genippt hatte, weihte er Bridget etwas detaillierter in seine Ermittlungen ein.

„Dimitri ist ein gerissener Kerl. Er hat Kontakte zu einer Reihe zwielichtiger Typen, er treibt Geschäfte auf der ganzen Welt und fast alle seine Geschäftspartner haben nachgewiesener Weise Dreck am Stecken. Nur ihm kann niemand etwas nachweisen. Vielleicht ist er tatsächlich sauber – in diesem Falle wäre er wirklich sehr, sehr clever. Es ist fast unmöglich, mit den großen Playern des internationalen Verbrechens Geschäfte zu machen und dabei völlig sauber zu bleiben. Wir glauben also, dass er was zu verbergen hat." Thorstenson nahm einen Schluck und stelle das Glas wieder ab. Er schaute Bridget in die Augen. Offenbar war sie nun an der Reihe, Farbe zu bekennen.

„Ich muss Sie enttäuschen. Sein Geschäft mit Wringendorf ist lupenrein. Vielleicht mit der Ausnahme, dass wir viel zu viel für eine Standardlösung von der Stange verlangen!" Bridget erzählte, wie sie Dimitri beim Golf kennengelernt hatte und es erst danach zum Deal zwischen Wolkov Limited und Wringendorf kam.

„Dimitri hat also eine Schwäche für Sie und ist den Deal mit seinen für ihn ungünstigen Konditionen eingegangen, um mit Ihnen in Kontakt zu bleiben?", resümierte Thorstenson das Gehörte.

„Ich weiß es nicht mit Bestimmtheit, es könnte aber sein.", gab Bridget zurück.

„Verständlich", raunte Thorstenson fast tonlos. Dann kehrte wieder Stille ein.

„Und Sie gaben sich als Geschäftspartner aus?", erkundigte sich Bridget.

„Ja, meine erste große verdeckte Ermittlung!", gab Thorstenson zu. „Bis jetzt läuft es blendend, auch wenn dieser Auftrag gefährlicher ist als alles andere, was ich bisher gemacht habe."

Das konnte sich Bridget vorstellen. Wieder hingen beide ihren Gedanken nach. Bridget musste sich eingestehen, dass sie Thorstenson sympathisch fand.

Dieser grinste plötzlich, lehnte sich vor und verfiel in seinen ausländischen Akzent: „Der Job hat aber auch seine Vorteile, zum Beispiel Sex mit phantastischen Frauen!" Dann lehnte er sich wieder zurück und zwinkerte Bridget zu.

„Willst du das Penthouse sehen, das mir Dimitri geschenkt hat?" Bridget hatte ohne großen Hintergedanken die persönliche und vertraulichere Anrede gewählt, es schien ihr jetzt passender zu sein.

„Gerne. Eine gute Gelegenheit für eine Ermittlung in Sachen Wolkow!", meinte Thorstenson.

KAPITEL 11:
IN DER FOLTERKAMMER

Wenig später befand sich Bridget mit Jakob in der engen Aufzugkabine. Diese fuhr gerade von der Tiefgarage des Appartementhauses in Richtung Penthouse. In der Enge des Lifts fühlte Bridget die Anwesenheit dieses begehrenswerten Mannes intensiv. Sie wollte diesen Mann, und zwar jetzt! Jakob schien Bridgets Begehren zu spüren. Er machte einen Schritt auf sie zu, legte eine Hand auf ihre Hüfte und die andere in ihren Nacken und zog sie an sich heran. „Dieses Mal teile ich dich nicht mit einem anderen!", flüsterte er ihr ins Ohr, dann küsste er sie.

Als Bridget die Tür zu ihrem Penthouse öffnete, schwebte sie bereits in anderen Sphären. Es brauchte viel Selbstdisziplin, um Jakob nicht sofort, hier, auf dem Sofa der Wohn-Lounge, zu vernaschen. Bridget entwand sich dem Zugriff des Mannes und eilte Richtung Bad: „Getränke sind im Kühlschrank und in der Bar – bediene dich!", rief sie ihm zu und verschwand im Badezimmer.

Jakob nahm sich nur ein Glas Wasser. Mehr als die Getränkeauswahl interessierte ihn dieses Appartement: Soweit er es beurteilen konnte, war es exquisit und edel eingerichtet worden. Die Lage im Zentrum der Stadt, die Dachterrasse samt Outdoor-Whirlpool und der fantastische Blick über die Dächer der Stadt waren über jeden Zweifel erhaben. Wolkow musste sehr an Bridget gelegen sein, dachte Jakob.

Dann sah er sich in der restlichen Wohnung um. Moderne Bilder, handverlesen ausgewählte Möbelstücke, Designer-Lampen. Jede Entscheidung war mit Bedacht gefällt worden. Jeder Einrichtungsgegenstand war sehr individuell, trotzdem war alles wie aus einem Guss. Obwohl ihn niemand sehen konnte, nickte Jakob anerkennend.

Von zwei Räumen konnte er sich allerdings kein Bild machen: Das Bad war belegt. Und der andere Raum war nicht zugänglich, weil die Tür verschlossen war.

„Was ist in diesem verschlossenen Raum, Bridget?", rief er durch die geschlossene Badezimmertür.

„Das interessiert den Herrn Inspektor natürlich!", hörte Jakob Bridget sagen, wobei sie beinahe vom Plätschern des Wassers übertönt wurde. „Es geht dich zwar nichts an, aber ich verrate es dir: Es ist mein Verhörzimmer!"

Verhörzimmer? Jakob rätselte, was Bridget damit meinen könnte. Neugierig trat er an die Tür heran. Das Schloss war ein gewöhnliches Türschloss, wie man es bei Innentüren von Wohnungen erwarten konnte. Kurzerhand machte er sich am Schloss zu schaffen und im nächsten Moment stand er mit großen Augen und offenem Mund in einer modernen Version einer mittelalterlichen Folterkammer.

Der Raum war groß und dunkel. Indirekte Beleuchtung ließ die Einrichtungsgegenstände lange Schatten werfen. Große Spiegel erschwerten die Orientierung. An den Wänden hingen Flogger, Peitschen, Gerten und Paddels. Es gab Handschellen und Knebel, Hand- und Fussfesseln, Seile. Außerdem war da ein Schrank. In einer Schublade lagen Vibratoren und Dildos, in einer anderen Analplugs und Vibro-Eier. Es gab Desinfektionsmittel und eine Auswahl an Kondomen und Gleitgelen. Besonders schnell wurde Jakobs Puls in die Höhe getrieben, als er die beiden großen Schranktüren öffnete. Dahinter befand sich eine gut sortierte Fetisch-Garderobe: Mieder und Korsette, Strumpfwaren und Strapse, transparente Dessous, Kleider, Miniröcke und Pants aus Lack und Leder. High-Heels in allen Variationen.

Es dauerte eine Weile, bis Bridget aus dem Badezimmer kam. Sie trug ein schwarzes Lack-Dessous-Set von Coquette und High-Heels, als sie aus dem Bad kam. Jakob hielt bei ihrem Anblick die Luft an. Sie wirkte auf ihn wie eine Marvel-Superheldin, deren allmächtige Superwaffe ihr Sex-Appeal war. Doch nicht nur Jakob staunte. Auch Bridget war verblüfft, als sie sah, dass die Tür in ihre geheime Lustkammer offenstand. Diffuses, rotes Licht schimmerte auf den Flur hinaus.

Noch bevor Bridget die nun fällige Frage formulieren konnte, wie er es denn geschafft hatte, die versperrte Tür zu öffnen, hatte Jakob bereits seinen Zeigefinger auf seine Lippen gelegt und ihr damit signalisiert, auf Fragen oder Proteste zu verzichten. Stattdessen hatte er sich behände an ihr vorbeigeschoben und stand nun hinter ihr. Er zwang sie mit seinen kräftigen Armen an sich, sodass sich ihr Po in seinen Schoss schmiegte. Im nächsten Moment legte er ihr in einer unglaublich flinken und gekonnten Bewegung ein Choker-

Halsband an. „Jetzt gehörst du mir!", sagte er nur. Dann nahm er sie an der Hand und führte Bridget in die Folterkammer.

„Bevor ich dich meiner Behandlung unterziehe, erkläre ich dir ein paar Regeln. Knie dich auf den Boden!", befahl Jakob. „Und lege die Hände auf die Oberschenkel!"

Bridget sah, dass sich Jakobs Mimik wieder grundlegend veränderte. Er verwandelte sich von einem in einem zu muskulösen Körper steckenden, etwas zu freundlichen, zu gutmütigen und zu knabenhaften Jüngling in einen starken, viel raueren und unberechenbareren Mann. Er taxierte sie streng und sein Blick ließ keinen Zweifel an seiner Dominanz aufkommen. Bridget tat, wie ihr geheißen war und kniete sich auf den harten Boden. Mit ihrem Kniefall akzeptierte sie die unterwürfige Rolle, die sie jetzt einnehmen würde. Wärme durchströmte ihren Körper.

„Du sprichst nicht, außer, ich erlaube es dir explizit. Ich will auch kein Seufzen oder Stöhnen vernehmen. Ist das klar? Ein Kopfnicken reicht!" Während Jakob das sagte, ging er langsam durch den Raum. Er inspizierte die diversen Sexspielzeuge, die an der Wand hingen. Er öffnete Schubladen und Schranktüren und begutachtete deren Inhalt. Er machte sich nochmal ein Bild von der Ausstattung dieses Raumes. Dann griff er in eine Lade und hatte im nächsten Moment einen Dildo in XL-Ausführung in der Hand. Er lächelte und wieder war da dieser sadistische Ausdruck in seinem Mienenspiel, der Bridget ein wenig in Panik versetzte und gleichzeitig total anmachte.

Jakob näherte sich seiner Gefangenen nun und streichelte mit dem mächtigen Kunststoff-Penis über ihre Wangen. „Mund auf!", sagte er schließlich und schob Bridget das Teil in den

Mund. Bridget durfte kurz daran lecken und saugen, dann wurde ihr ihre Kostprobe wieder entzogen. Jakob lachte. „Du bist genauso gierig wie auf dem Schiff! Aber jetzt kann ich deine Gier in deinem Gesicht sehen! Das gefällt mir!" Tatsächlich zeigten die Sexualhormone ihre Wirkung: Ihre Wangen hatten eine sinnliche, ins purpurene gehende Rötung bekommen, ihre Gesichtszüge waren völlig entspannt. Fast sah es aus, als sei sie schon völlig in ihrer Rolle der gefügigen Sexsklavin angekommen.

„Bevor wir weitermachen, sage ich dir, was ich von Dir erwarte!", sagte Jakob. Er hatte den Dildo zur Seite gelegt und stattdessen eine Gerte in die Hand genommen. „Haben dir deine bisherigen Herren ein paar Warte- und Präsentationspositionen beigebracht?", fragte Jakob.

Bridget antwortete mit einer verneinenden Kopfbewegung.

„Wie nachlässig…", murmelte Jakob. „Du kniest gerade. Wenn ich von dir Knien verlange, erwarte ich diese Position von dir. An den Details müssen wir aber noch arbeiten, sehe ich."

Jakob ging um die kniende Bridget herum. Plötzlich spürte diese ein kurzes Brennen auf ihrem Rücken. Die Gerte war über ihren Rücken gezogen worden. „Gerader Rücken, Brust heraus!", befahl Jakob. Er ging weiter, mit ruhigen Schritten, ohne Hektik. Bridget drehte den Kopf, um ihm nachzublicken. Doch er erlaubt dies nicht. „Kopf gerade nach vorne!", herrschte er sie an. Dann führte er die Gerte zwischen ihre Oberschenkel und schlug mit schnellen Bewegungen auf die Innenseiten ihrer Oberschenkel. „Weiter auseinander!" Bridget befolgte die Vorgaben und schob ihre Knie weiter auseinander. „Sieht doch schon ganz gut aus! Jetzt noch die

Hände hinter dem Nacken verschränken. Ellbogen dabei nach hinten spannen!"

Der gerade Rücken und die Rückwärtsdehnung ihrer Schultern führten dazu, dass ihr Busen nun mustergültig präsentiert wurde. Die gespreizten Schenkel taten das ihre dazu, dass sie sich nun ziemlich ungeschützt fühlte. „Hervorragend!", sagte Jakob nur. Kurz war es ruhig in der Folterkammer. Jakob ergötzte sich am sinnlichen Anblick, der sich ihm bot und noch mehr an der Gefügigkeit dieser stolzen, selbstbewussten Frau.

„Stehen!" Die nächste Anweisung beendete den kurzen Moment des Innehaltens. Bridget erhob sich und stand nun vor Jakob. Wieder korrigierte dieser ihre Beinstellung. „Beine auseinander!" Er nahm den Pracht-Dildo, schob ihn provokant zwischen Bridgets Schenkel und rieb damit ein wenig an ihren Schamlippen. „Wie soll denn dieses Teil hier Platz finden, wenn du dastehst wie eine Klosterschwester?", provoziert er sie. Er entfernte den Dildo wieder und wollte ihn an seinen Platz zurücklegen, als er Bridgets Saft auf der Oberfläche des Sextoys entdeckte.

„Du bist schon feucht? Antworte mir!", forderte er Bridget auf. Diese brachte ein „Ja!" hervor. Bridgets aufkommende Erregung hatte ihren Stimmbändern zugesetzt und ihre Antwort klang ein wenig gekrächzt. Zu ihrer Überraschung klatschte ein heftiger Gertenhieb auf ihren Po. Schmerz durchzuckte sie.

„Ich will von Dir einen ganzen Satz hören, verstanden?" Jakob klang verärgert.

„Ja, ich bin schon feucht, Meister!", korrigierte sich Bridget unterwürfig. Jakobs Miene klarte auf. Nun sah er wieder zufriedener aus. Er fuhr mit seiner Abrichtung fort: „Gerader Rücken, Hände im Nacken verschränken, Oberarme nach hinten!" Bridget gehorchte. Genießerisch begutachtete Jakob den Körper dieser außergewöhnlichen Frau.

„Bücken!" Der nächste Befehl drang an Bridgets Ohr. „Stütze dich mit deinen Händen unter deinen Knien ab und präsentierte mir deinen Arsch! Und wenn deine Grätsche nur einen Millimeter enger wird, setzt es 20 Hiebe mit der Gerte!", kündigte Jakob an.

Bridget veränderte ihre Position entsprechend der Anweisungen ihres Herren. Dann spürte sie, völlig unvermittelt, seinen fordernden Griff zwischen ihren Schenkeln. Jakob war von hinten an sie herangetreten und massierte nun ihre Schamlippen. Im Nu waren Finger und Hand nass.

„Beeindruckend!", murmelte Jakob nur. Diesmal ließ er nicht sofort wieder von ihr ab. Er massierte weiter, nun mit größerem Druck und schließlich drückte er seinen Mittelfinger in ihre Spalte. Er deutete kurz eine penetrierende Bewegung an, beendete diese aber sofort wieder: „Du wirst dich noch gedulden müssen!"

Ein enttäuschtes „Ach!", entfuhr es Bridget da.

„Ach?" wiederholte Jakob. Ablehnung lag in seiner Stimme. „Passt Dir das vielleicht nicht?" Jakob war ungehalten. Die Stille im Raum war beängstigend „Stehen!", befahl er dann. Bridget richtete sich auf - so, wie es Jakob vorhin gezeigt hatte.

Dieser ging an Bridgets Schrank und entnahm ihm Handschellen. Er forderte Bridget auf, ihm die Arme entgegenzustrecken, im nächsten Moment umklammerten die eisernen Manschetten ihre Handgelenke. Jakob zog Bridget an den Gliedern der kurzen Eisenkette, die die beiden Schellen verband, unter einen Hacken, der an der Decke montiert worden war. Mit Hilfe einer Schlaufe und eines Karabiners fixierte Jakob Bridgets weit nach oben gestreckten Arme.

Jakob nahm die Gerte in die Linke und ein Paddel in die rechte Hand. „Präsentiere mir deinen Arsch!", befahl Jakob. Bridget streckte ihren Po weit nach hinten. Dies ging nun ganz leicht, da sie jetzt ihren Oberkörper weit nach vorne fallen lassen konnte - Ihre Fixierung an der Decke trug ihr Gewicht.

Rund und prall präsentierte sich Bridgets Po ihrem Meister. Mit einer leichten Pendelbewegung signalisierte Bridget, dass sie bereit war, ihre verdiente Strafe zu empfangen.

Jakob schritt auch sogleich zur Tat: Schon der erste Schlag war mehr als nur temperamentvoll. Bridget nahm ein klatschendes Geräusch und ein brennendes Ziehen wahr. Der Schmerz schien einige Momente lang nicht nachlassen zu wollen, dann verwandelte sich das Beißen des Schmerzes in eine sich unter ihrer Haut ausbreitende Wärme. Schon ging der nächste Schlag auf Bridget nieder, nur war dieses Mal ihre andere Pobacke an der Reihe. Bridget versuchte unwillkürlich, den Schmerzreiz durch tieferes Atmen zu kompensieren. Sie durfte nur nicht aufstöhnen, ging es ihr durch den Kopf.

Mit der Präzision und Regelmäßigkeit einer Schweizer Uhr züchtigte Jakob Bridgets Hinterteil. Während der Schmerz, den das Paddel bei Auftreffen auf ihrer Haut verursachte, gleichblieb, dauert es mit jedem Schlag länger, bis die entstehende Hitze unter ihrer Haut nachließ. Bald reichte die Zeit zwischen den Hieben nicht mehr und dies führte dazu, dass sich Bridgets Haut nicht mehr abkühlen und erholen konnte. Jetzt glühte ihre Haut noch vom letzten Schlag, als das Paddel schon wieder auf ihr gerötetes Fleisch klatschte. Ihre Hilflosigkeit durch die Fesselung, der in die Rolle ihres Meisters geschlüpfte Jakob, seine derbe Sprache und seine Befehle sowie der Schmerz auf ihrem Arsch verursachten einen Hormoncocktail, der sich für Bridget sekündlich berauschender anfühlte.

Es waren viel mehr als 20 Schläge, die Bridget abbekommen hatte, als sie Jakob wieder von der Leine nahm. „Gut gemacht!", lobte er sie. „Wir machen jetzt mit den Warte- und Präsentationsstellungen weiter."

„Vierfüßler im Bett", befahl Jakob. Bridget folgte den Anweisungen. Sofort machte sie ein Hohlkreuz und spreizte ihre Oberschenkel. „Sehr gut!", sagte Jakob anerkennend. „Schön langsam scheinst du zu verstehen, worauf ich Wert lege!"

Bridget war erschöpft: Der Jet-Lag steckte ihr in den Knochen und die Bestrafungsprozedur, der sie sich gerade hatte unterwerfen müssen, hatte es in sich gehabt. Jakob schien ihre Gedanken lesen zu können. „Ich versorge jetzt deinen Po!", sagte er mit freundlicherer Stimme und Bridget genoss die Kühle der Hautcreme, die Jakob vorsichtig auftrug.

„Die nächste Position nennt sich „Mekka". Du bleibst so wie jetzt, nur werden jetzt Unterarme und Kopf auf der Matratze abgelegt!"

Tatsächlich ähnelte Bridgets Stellung nun jener, die Betende einnahmen, wenn sie sich gegen Mekka wandten. Bridget entspannte sich zusehends. Gerade hatte sie die Augen geschlossen, als sich Jakobs Hand zwischen ihre Schenkel schob. „Du bekommst jetzt ein Vibro-Ei. Das ist ein Geschenk von mir, also verliere es nicht!" Bridget öffnete ihre Augen wieder und konnte erkennen, dass Jakob eine kleine Fernbedienung in der Hand hatte. Er betätigte eine Taste und eine geile Vibration erfasste Bridgets Lustzentrum. Das Zittern des kleinen Lustspenders war punktgenau und auch von der Intensität her perfekt. Es dauerte nicht lange, und Bridget musste ein lustvolles Stöhnen unterdrücken. Die Pressatmung, die so entstand, war anstrengend, fand Bridget.

"Vierfüßler!", ordnete Jakob an. "Und dreh dich zu mir!" Hatten bisher Po und Beine zur Bettkante gezeigt, so war es nun ihr Gesicht. Bridget sah, wie sich Jakob nun seiner Klamotten entledigte. Als er seine Pantys abstreifte und eine mächtige Erektion zum Vorschein kam, stellte sich bei Bridget ein heftiger Appetit auf Männerfleisch ein.

Bridget kannte Jakobs Geschmack schon vom Darkroom der Huntington und sie mochte das Aroma, dass er in ihrer Mundhöhle verbreitete. Lustvoll und mit Hingabe leckte und lutschte sie das pulsierende Glied. Das Vibro-Ei geilte sie auf und umso forscher Jakob seinen Schwanz in sie hineinschob, umso gieriger bearbeite sie diesen. Es war ein Gefühl der Ermächtigung, das Bridget nun empfand. Auch wenn sie die Unterworfene spielte, letztendlich wollte sie diesen Schwanz haben. Jetzt umfasste sie die Peniswurzel mit der rechten Hand, während der Rest von ihren Lippen und ihrer Zunge verwöhnt wurde. Plötzlich zuckten Jakobs Hüften zweimal heftig und unkontrolliert. Begleitet von einem archaischen Lustlaut entledigte sich Jakob seines Safts. Bridget hatte bekommen, was sie wollte.

KAPITEL 12: DER AUSHILFSJOB

In den nächsten Wochen widmete sich Bridget den Dingen, die dem Leben einer normalen, berufstätigen Mutter am nächsten kamen. Früh am Morgen absolvierte sie die erste Stunde am Laptop, dann machte sie Frühstück für Nate und Sarah, brachte die Kleine in den Kindergarten und fuhr weiter ins Büro. Am Nachmittag übersiedelte sie ins Homeoffice. Dort konnte sie die Routinearbeiten genauso gut erledigen wie im Büro. Und sie konnte sich ihrem Töchterchen widmen, wann immer das nötig war. Sarah nutzte die Anwesenheit ihrer Mama so gut es ging und so funktionierte das kleine Mädchen die Homeoffice-Arbeitszeit ihrer Mutter in eine gemeinsame Spielzeit um. Den Abend verbrachte Bridget mit Nate und wenn sie einen Babysitter fanden, unternahmen sie etwas in der Stadt, gingen auf einen Drink oder trafen sich mit Freunden.

Nate war in diesen Tagen wie elektrisiert: die Proben verlangten seine ganze Aufmerksamkeit und der Aufbruch zur Welttournee stand kurz bevor. Bridget hatte sich zwei Wochen Urlaub genommen, damit die Familie den Übergang, der durch Nates beruflichen Erfolg notwendig wurde, besser würde meistern können.

Von Dimitri und Jakob war wenig, bzw. gar nichts zu hören oder zu sehen. Jakob meldete sich nur kurz und berichtete, dass sich sein Chef einmal bei ihr melden würde. Die Überprüfung ihrer Person hatte keine Verdachtsmomente ergeben, trotzdem war man an einer Zusammenarbeit mit ihr als Informantin interessiert: Der Nachrichtendienst hatte ansonsten niemanden, der so nahe an Dimitri dran war. Bridget schluckte. Sie konnte sich nicht vorstellen, sich in Gefahr zu bringen für Dinge, die sie nichts angingen. Und welchen Nutzen würde sie davon haben, wenn sie sich vom Geheimdienst würde einspannen lassen?

Sie zog es vor, mit Jakob und Dimitri auf einer ganz anderen, viel intimeren Ebene zu verkehren. Wenn Bridget an die Eskapaden der letzten Wochen dachte, huschte ein Lächeln über ihr Gesicht. Jetzt war sie aber ganz froh, dass sich die Dinge ein wenig beruhigt hatten. Sexuelle Hingabe konnte ganz schön anstrengend sein.

Bridget war außerdem mit anderen Dingen beschäftigt: Sie wollte wieder mehr Zeit im Fitness-Center verbringen, den Kontakt zu Clemens und Irina auffrischen und Geld ausgeben! Die Gewinnbeteiligung bei Wringendorf spülte Euros auf ihr Konto, dass es eine Freude war! Bridget plante, möglichst baldd eine Shopping-Orgie erster Güte hinlegen. Bridget wusste auch schon, wie die Runde durch die Luxus-Boutiquen der Stadt anzugehen war, um dabei möglichst viel Geld liegenzulassen.

Der Shoppingtag war außerdem eine gute Gelegenheit, Zeit mit Irina zu verbringen. Ihre Freundin war sofort Feuer und

Flamme und so kam es, dass die beiden an einem Samstagmorgen in einem progressiv angehauchten Café Prosecco schlürften, Lachsbrötchen naschten, attraktive Männer anlächelten und von den Erlebnissen der letzten Wochen berichteten. Bridget machte den Anfang und Irina staunte nicht schlecht, als Bridget – zwar nicht in den allerletzten Details, aber doch sehr offenherzig – vom Darkroom auf der Huntington und dem Verhör durch Jakob berichtete.

Dann erzählte Irina. So exotisch wie bei Bridget fiel ihr Bericht nicht aus, aber immerhin hatte sie den Gatten einer Kundin vernascht. - Eigentlich war es umgekehrt gewesen, sie war von ihm vernascht worden: Die langjährige Kundin, noch dazu eine, die gerne viel Geld ausgab, war also eines Tages in ihre Boutique gekommen. Die Laune der Dame war nach wenigen Minuten im Keller, weil sie offenbar zugenommen hatte und nicht mehr in ihre obligatorische 36 passte. Ihr Gatte war genervt ob der schlechten Laune seiner Angetrauten und die junge Modeberaterin, die sich um die Dame kümmerte, legte Fachkenntnis und diplomatisches Geschick in die Waagschale, um die Situation zu entschärfen. Als wieder eine Hose nicht über den Arsch der Dame passte, nahm der Mann Irina an der Hand. Er führte sie in das nur wenige Schritte entfernte Büro, welches man durch eine Tür hinter die Kunden- und Kassentheke erreichte, schob ihr, ohne ein Wort zu verlieren, den Drykorn-Bleistiftrock nach oben und vögelte sie kurz und heftig. Seine Gattin hatte sich in der Zwischenzeit in zwei zu enge Anzugshosen gequetscht, da war der Quickie ihres Gatten mit der Boutique-Besitzerin schon wieder vorbei.

Bridget kicherte, nachdem Irina ihre kleine Anekdote beendet hatte. „Das nenne ich Kundenservice!", meinte Bridget lachend und dann stießen die beiden mit den Sektflöten an. Es war jeweils bereits das zweite Glas und der Tag versprach, ausgelassen und lustig zu werden.

Bridget hatte bereits bezahlt, als sich Irinas Gesichtsausdruck plötzlich veränderte. Sie schaute ernster aus und da war auch eine Spur Verlegenheit zu bemerken. Bridget fuhr ihre Antennen aus – da würde jetzt noch etwas von Tragweite kommen...

„Eine Sache wäre da noch!", begann Irina und tatsächlich, es war Verlegenheit, die sich auf Irinas Gesicht breit gemacht hatte.

„Und was für eine Sache ist das?" Bridget griff instinktiv nach ihrem leeren Glas, so als ob sie daran Halt finden könnte für die Neuigkeiten, die in der Luft hingen.

„Ich habe da einen Kunden und ich kann es mir zeitlich nicht einrichten...", begann Irina. - Bridget verstand gar nichts.

„Ich soll für dich in der Boutique einspringen? Als Modeberaterin?" Der Gedanke amüsierte sie.

„Nein, als Luxus-Callgirl", gestand Irina und sie sagte es so leise, dass Bridget meinte sich verhört zu haben.

„Als was?", fragte Bridget nach. Sie hatte trotz des Flüstertons sehr wohl verstanden, was ihre Freundin gesagt hatte. Sie fragte nach, weil sie semantische Schwierigkeiten hatte, das Gesagte zu begreifen.

„Einen doppelten Wodka bitte!", orderte Irina beim vorbeigehenden Kellner. Irina fühlte sich scheinbar nicht ganz wohl in dieser Situation, denn harte Getränke waren ansonsten nicht ihre Leidenschaft.

„Ich habe es dir nie erzählt, aber ich habe damals als Studentin als Callgirl gearbeitet und mir so das Studium finanziert." Langsam traute sich Irina wieder, ihrer Freundin ins Gesicht zu blicken. Auch ihre Stimme war wieder fester geworden.

„Als Callgirl?" Bridget staunte noch immer. Sie glaubte, über Irina alles zu wissen. Gerade aber begann sich das Bild, das sie von Irina hatte, zu verändern.

„Ja, das alles ist schon zwanzig Jahre her", fuhr Irina fort. Dann druckste sie wieder herum: „Aber drei Kunden habe ich noch immer."

„Du hast noch immer drei Kunden?", äffte Bridget das Gesagte staunend nach.

„Könntest du bitte aufhören, alles zu wiederholen, was ich sage? Es reicht, wenn ich mich das alles selber sagen höre!", beklagte sich eine sichtbar nervöse Irina.

Irinas Bitte hatte was Bereinigendes. Urplötzlich verstand Bridget glasklar, was Irina ihr da mitteilen wollte. Dabei half, dass der Kellner an den Tisch gekommen war und Irinas hochprozentiges Getränk auf den Tisch stellte. „Könnten Sie mir das gleiche bringen?", sagte Bridget schnell und drückte dem Kellner die Sektflöte, an der sie sich noch immer festhielt, in die Hand.

„Alle drei sind tolle Männer, alle auf ihre ganz eigene Art und ich sehe sie zwei, drei Mal im Jahr. Sie verwöhnen mich und bringen Abwechslung in meinen Alltag." Irina stockte.

Bridget versuchte, empathisch zu sein. „Du musst dich nicht rechtfertigen." Dann aber änderte sie Stimme und Mimik und schlug einen aufgesetzt-ermahnenden Tonfall an: „Trotzdem bist du ein böses Mädchen!" Beide Frauen lachten.

Nun war auch Bridgets Getränk gekommen. Beide Frauen kippten den Wodka hinunter. Dann holte Irina weit aus und erzählte Bridget von ihren geheimen Machenschaften. Wie damals, während der Uni, alles begann, wie sich alles entwickelte und was sie bei ihrer amourösen Tätigkeit alles erlebt hatte. Nach etwa einer dreiviertel Stunde und zwei weiteren Cocktails beendete Irina ihre Ausführungen. „Frederic, Nicolas und Matt sind längst sowas wie Freunde."

„Aber sie buchen dich trotzdem über eine Agentur und legen mächtig Kohle ab für ein Wochenende mir dir?", fragte Bridget nach. Sie kicherte. Irinas Ausführungen und der Alkohol hatten sie in Stimmung gebracht.

„10.000 Dollar", sagte Irina nur. Ihre Wangen hatten ein zartes Rosa angenommen.

„Wow!", sagte Bridget. Dann herrschte Stille. Bridget hatte da doch ein paar Fragen im Kopf und überlegte, wie sie Irina ihre Fragen präsentieren sollte.

„Es ist eine Art Rollenspiel." Irina begann, Bridgets ungestellte Fragen zu beantworten.

„Den Männern gefällt das Gefühl, so reich und mächtig zu sein, dass sie sich eine Frau, die ihnen gefällt, einfach kaufen können." Irina zuckte mit den Achseln und signalisierte damit, dass Männer eben nun mal so seien.

„Und dir gefällt das Gefühl, so begehrenswert zu sein, dass Männer für ein paar Stunden mit dir so viel Geld ausgeben?", fuhr Bridget fragend fort.

„Das gibt mir einen Kick, das kannst du dir nicht vorstellen!", gestand Irina. Jetzt waren ihre Wangen knallrot geworden. Sie atmete tief durch, dann leerte sie ihr Glas.

„Ich bin jetzt schon blau.", stellte sie dann fest und war froh, auf ein anderes Thema kommen zu können. Bridget bestellte trotzdem die nächste Runde. Irina murmelte nur „Oh Gott!", wehrte sich aber nicht gegen ein weiteres Getränk. Immerhin gab es da noch ein paar Dinge zu klären.

„Und ich soll jetzt für dich einspringen?" Wieder kicherte Bridget. Ihre Neugierde war geweckt worden und sie wollte Details hören.

Irina schaute Bridget an und einen Moment lang hatte Bridget das Gefühl, dass ihre Freundin gar nicht mehr wusste, worum es eigentlich ging. Außerdem waren ihre Augen schon rot und glasig. Wenn sie von Irina noch was erfahren wollte, musste sie sich beeilen.

„Ach ja, Frederic!" Irina lachte, und ihr Lachen war zu laut und zu hell. „Ich kann terminlich wirklich nicht. Außerdem haben sich bei Frederic in letzter Zeit tiefere Gefühle für mich entwickelt. Kannst du das glauben? Nach all den Jahren? Ich will aber nicht nach Paris gehen, hier alles aufgeben. Clemens und die Boutique. Das alles halt. Fahr' du bitte am Wochenende!"

Irina hatte wirklich schon mehr als genug. Bridget stand auf, ging zur Theke und änderte ihre letzte Bestellung. Sie würden nun auf Espressos umsteigen, ansonsten würde der Tag zu Mittag vorbei sein.

„Mit Frederic ist alles arrangiert. Ich habe ihm ein Foto von dir gezeigt und ich habe ihm geschildert, welche Art Frau du bist. Ich glaube, ihr passt gut zueinander. Er ist vielleicht etwas zu soft für dich. Aber er ist fit und süß und reich und er hat Geschmack und Stil und er verwöhnt schöne Frauen für sein Leben gern. Sonst noch Fragen?"

Irina hatte es plötzlich eilig. Sie schob Bridget ein Kuvert über den Tisch. „Die Flugtickets. Am Freitag um 19:45 bist du in Paris. Sonntag mit dem letzten Flug retour. Nicht schlecht, oder?" Dann stand Irina auf und ging, ohne ein weiteres Wort zu verlieren, ohne zu bezahlen oder den bestellten Kaffee abzuwarten, nach draußen.

Bridget beglich hastig die Rechnung und eilte ihrer Freundin nach, das Kuvert mit den Flugtickets in der Hand. „Und wer sagt, dass ich Interesse habe?", wunderte sie sich über die Selbstverständlichkeit, mit der Irina davon ausging, dass für sie diese Angelegenheit damit beendet wäre.

Irina lachte nur. „Ein Trip nach Paris, ein kleines sexuelles Abenteuer und ein Typ, der bei Cartier, Christian Louboutin, Valentino und Empreinte das Geld mit beiden Händen ausgibt? Und du tust so, als ob du noch überlegen musst? Du lässt dich genauso kaufen wie ich, also tu nicht so, als ob du überlegen müsstest! Das ist doch lächerlich!"

Im Freien hatte Irinas Gesichtsfarbe gewechselt. Das Rot war zu einem grünlichen Grau geworden. „Und jetzt ist mir schlecht und schwindlig!", verkündete sie und hockte sich auf einen Betonpoller, der den Gehweg vom Radweg trennte. Bridget winkte nach einem Taxi und brachte Irina nach Hause. Nun würde sie doch alleine Shoppen gehen müssen. Es ging schließlich nach Paris!

KAPITEL 13: FEUERALARM

Was für ein Tag! Bridget war in bester Stimmung, als sie dem Taxifahrer ihren Koffer in die Hand drückte und sich auf den Rücksitz der Limousine fallen ließ, welche sie zum Flughafen bringen sollte. Ihr standen traumhafte Tage bevor: Zuerst ging es nach Paris, wo sie diesen amourösen Nebenjob zu erledigen hatte. Unterwegs würde sie die freie Zeit nutzen, um die wichtigsten Projekte bei Wringendorf voranzutreiben. Sie konnte sich grundsätzlich auf ihr Team verlassen, aber ab und zu machte es Sinn, sich über den Fortgang der Dinge zu informieren und da und dort steuernd einzugreifen. Im Gepäck hatte sie die aktuellste Fachliteratur: Ihr beruflicher Ehrgeiz war nach wie vor ungebrochen und sie hatte nicht vor, sich auf ihren Lorbeeren auszuruhen…

Bridget hatte kurz überlegt, wie sie ihren Flug nach Paris modisch angehen würde. Einerseits war sie, strenggenommen, beruflich unterwegs. Ein klassischer, aber sexy geschnittener Hosenanzug mit körperbetonter Bluse, kombiniert mit Pumps oder Absatz-Stiefeletten wäre da die naheliegendste Wahl gewesen. Andererseits war es nicht ihr eigentlicher Beruf, dem sie da in Paris nachgehen würde. Sie war als Callgirl unterwegs. Als Callgirl… Bridget musste sich das immer wieder ins Bewusstsein rufen. Sie hatte es hier wieder mit einer Grenzüberschreitung zu tun und sie konnte wieder nicht aus ihrer Haut heraus – Grenzüberschreitungen übten einen enormen Reiz auf sie aus und spürte, wie dieser Tabubruch Adrenalin in ihre Adern pumpte. Bridget strotzte vor Selbstvertrauen und fühlte sich wunderbar lebendig und vital.

In Sachen Mode hieß dies, dass sie weniger konservativ, sondern offenherziger unterwegs sein konnte. Ihr gefiel es, wenn sie sich modisch etwas vorwagen und sich auf diesen Seiltanz einlassen konnte: Sexy, aber nicht billig. Figurbetont, aber stilvoll. Sich präsentieren, aber auch der männlichen Fantasie und Vorstellungskraft noch die eine oder andere Aufgabe überlassen…

Letztlich entschied sich für eine beige Lederhose, die sich knalleng um ihren Po schmiegte und gerade Beine hatte. Dazu trug Bridget ein teilweise transparentes, dunkelbraunes Bra-Top. Ergänzt wurde der Look durch eine braune Lederjacke im Biker-Stil. Schlichte Ohrringe und Halsband rundeten Bridgets modische Ausstattung ab. Die Männer würden sich die Hälse verrenken, soviel war sicher. Der unverhohlen lüsterne Blick des Taxifahrers war unübersehbar.

Wenig später marschierte Bridget bester Laune am Airport zu ihrem Gate. Menschen wuselten hin und her, Gespräche wurden geführt, Smartphones wurden benutzt. Da hörte sie plötzlich eine Stimme: „Geht es wieder an die Westküste zu Dimitri?", hörte sie jemanden unmittelbar hinter sich sagen.

Erschrocken drehte sich Bridget um und blickte in ein junges, frech grinsendes Gesicht: Jakob!

Dieser zückte seinen Dienstausweis und hielt in ihr unter die Nase: „Würden Sie bitte mitkommen? Ich glaube, Ihnen würde ein strenges Verhör jetzt sicherlich nicht schaden. Ich wäre aber dieses Mal sicher viel strenger wie bei der letzten Vernehmung. Vielleicht erfahre ich dann endlich, welche Art von Beziehung sie mit Dimitri Wolkov unterhalten." Jakobs Augen funkelten. Nur mit Mühe konnte er sich das Lachen verkneifen.

Bridget hatte sich schnell vom ersten Schreck erholt. Spontan griff sie Jakob an den schwarzen Gürtel seiner Anzugshose und zog ihn forsch an sich. Inzwischen kannte sie seinen Geruch und nun mochte sie diesen auch – kein Wunder, verband sie mit diesem Sinneseindruck ja so manch lustvolle und leidenschaftliche Stunde.

„Bist du überhaupt Mann genug, um so streng zu sein, wie ich es brauche?" Keck reckte die ihm ihr Kinn entgegen. Arroganz lag in ihrem Blick. Sie merkte, dass sie mit ihrer Provokation etwas in ihm auslöste.

„Wann geht dein Flug?", fragte er dann.

„In 45 Minuten!", antwortete Bridget ohne Umschweife. Sexuelle Spannung lag in der Luft.

„Mitkommen!", befahl Jakob. Er führte Bridget zu einer Tür, auf der „Zutritt nur für Befugte" stand. Jakob sperrte auf und führte Bridget in ein kleines, fensterloses Büro. Hinter sich verriegelte er die Tür, nun waren die beiden alleine.

„Hose runter!", sagte er. Es klang wie ein militärischer Befehl.

Bridget ging ganz nahe an ihn heran und öffnete mit provozierender Langsamkeit ihre Glanzlederhose. Dabei ließ sie den jungen Mann nicht aus den Augen. Mit sanftem

Hüftkreisen ließ Bridget ihr Beinkleid nach unten rutschen. Jakob rückte zwei Schritte zurück und betrachtete Bridget eingehend.

„Lehne dich gegen den Tisch.", sagte er ruhig. Bridget tat, was Jakob verlangte. Dabei bemerkte sie Jakobs Erregung, die unter seiner Stoffhose schon mehr als deutlich erkennbar war.

„Was haben wir denn da?", fragte sie hämisch und deutete mit dem Kinn auf die Beule in seinem Schritt. Jakob verzog das Gesicht. Es störte ihn ein wenig, dass er Bridget so leicht ins Netz gegangen war. Eigentlich wäre ihm lieber, das Machtverhältnis zwischen ihnen sähe anders aus: SIE sollte verrückt nach IHM sein. Sie sollte am kürzeren Hebel sitzen, nicht er. Seine Erektion bewies aber, dass er ihren Reizen nichts entgegenzusetzen hatte.

„Hast du was gesagt? Ich habe nichts gehört!", stichelte Bridget weiter und setzte dabei ein süffisantes Grinsen auf. Tatsächlich hatte Jakob noch nichts auf Bridgets Überheblichkeiten entgegnet.

Jakob war ein wenig in seinem Stolz gekränkt. Er setzte sich auf den Bürostuhl und ließ diesen mit einem kräftigen Schub durch seine Beine nach hinten rollen. Er sah Bridget nun direkt auf ihr Höschen. Der transparente String ließ ihre Schamlippen mehr als deutlich erkennen. In diesem Moment musste er an diesen Film aus den 80er- oder 90er-Jahren denken, in dem eine Frau, die Bridget äußerlich und charakterlich eigentlich recht ähnlich war, von einem Polizisten verhört wurde, und ihm dabei einen offenherzigen Blick in ihren Spalt erlaubte.

Dabei rauchte sie doch eine Zigarette, fiel es Jakob ein. Er ging zum Tisch und holte eine Schachtel Camel aus der Schublade. Sie gehörte einem Kollegen, der ab und zu nach draußen eilte, um seinem Rauchverlangen nachgeben zu können. Nachdem sich Jakob vergewissert hatte, dass auch ein Feuerzeug in der Packung war, zog er einen Glimmstengel heraus und hielt ihn Bridget vor die Nase.

Diese verzog mit Abscheu das Gesicht. „Ach nein, nicht schon wieder!", jammerte sie. Sofort ärgerte sie sich, dass ihre Ablehnung von Jakobs Angebot nicht souveräner ausgefallen war.

„Schade.", sagte Jakob ruhig und setzte sich wieder in den Stuhl. „Dann bekommst du meinen Schwanz eben nicht."

Bridget und Jakob saßen sich gegenüber, niemand sagte etwas. Diese Situation fühlte sich an wie ein Patt. Bridget hätte nichts gegen einen Quickie mit diesem herrlichen, prallen Penis gehabt. Jakob wollte sich seinerseits nicht von Bridget unterbuttern lassen und ihr seine Überlegenheit signalisieren, indem er sie zum Rauchen dieser Zigarette nötigte. Es lag eine Spannung in der Luft, die nicht nur sexueller Natur war. Da war auch ein Machtspiel im Gange…

Minuten vergingen. Jakob hatte die ganze Zeit diese lüsterne Muschi vor seinen Augen. Bridget, die sich inzwischen auf den Tisch gesetzt hatte, spreizte ihre Beine und lächelte Jakob dabei abfällig an. Sie war sich sicher, dass er bald ankriechen und sie verwöhnen würde.

Jakob hatte inzwischen nasse Hände. Er war über die Maßen scharf auf diese Frau. Er wollte aber auch nicht klein beigeben. Mit verstohlenem Blick sah er auf die Uhr. Die Zeit, die ihnen blieb, wurde langsam knapp. Wenn Bridget ihren Flieger nicht verpassen wollte, mussten sie bald ans Werk gehen. Auch Bridget war nicht entgangen, dass nicht mehr viel Zeit blieb. Sie beschloss, dem Bürschchen hier eine Lektion zu erteilen.

Sie nahm die Zigarette und zündete sie an. Lasziv nahm sie einen tiefen Zug und bemerkte mit Erleichterung, dass sich der Hustenreiz in Grenzen hielt. Dann machte sie mit ihren vollen Lippen einen Schmollmund und blies den blaugrauen Rauch in den Raum hinaus.

Jakob sprang auf, schob seine Hosen nach unten und wollte sich schon auf Bridget stürzen, als diese ihn mit zischendem Befehlston anwies, sitzen zu bleiben. „Du wolltest mir zusehen, wie ich eine rauche, also schau zu. Wenn du nur einen Schritt näherkommst, ist unser kleines Stelldichein vorbei!" Bridget wirkte auf Jakob, als ob sie es ernst meinte. Oder bluffte sie doch nur? Jakob war verunsichert und merkte, dass er daran war, das Machtspiel gegen Bridget zu verlieren. Darum schob er seine Pantys nach unten und präsentierte Bridget sein mächtig erigiertes Glied.

Jakobs Schwanz glänzte und pulsierte, stand stocksteif nach oben und sah einfach lecker aus, fand Bridget. Sie würde ihn aber mit seiner Erektion unbefriedigt hier versauern lassen, das hatte sie längst entschieden. Sie blieb sitzen und fasste sich mit der linken Hand an ihre Schamlippen und ließ Zeige- und Mittelfinger in ihren feuchten Schritt gleiten. Sie begann, sich zu befriedigen, zog lange an ihrer Zigarette und tat so, als ob sie den Rauch unendlich genießen würde. Ein Gefühl des Triumphs breitete sich in ihr aus, als sie Jakobs verzweifeltes Gesicht sah. „Irgendwie ist mir gerade mehr nach Tabak als nach deinem Prachtstück!", log sie. Die Zigarette war fast runtergebrannt. Bridget steckte sich den schon kurzen Glimmstengel zwischen die Lippen, rutsche vom Tisch und zog sich ihre Hose wieder an. Dann nahm sie kurzerhand die Zigarette und hob die noch brennende Camel direkt unter den Rauchmelder, der an der Decke montiert war. Jakob war entsetzt und brüllte „Nein! Mach' das nicht!" Er sprang auf, mit der Absicht, nach ihrem Arm zu greifen und den Feueralarm in letzter Sekunde zu verhindern. Da aber Pantys und Anzughose wie Fußfesseln um seine Knöchel spannten, war er zu langsam: Ein ohrenbetäubendes Schrillen erfüllte den Raum, auch draußen, vor der Tür des Büros, hörte man das Alarmsignal. Nur hallte es in den Gängen und Hallen viel mehr als hier in dieser Kammer. Bridget drückte die Zigarette auf irgendwelchen Bürounterlagen aus und schritt stolzierend davon. Jakob hatte sein nach wie vor ansehnlich geschwollenes Glied noch immer nicht gänzlich in Pantys und Anzugshose verstaut. Ein wenig tat er Bridget leid – aber nur ein wenig.

KAPITEL 14: EIN BISTRO IN PARIS

Einige Stunden später saß Bridget in einem noblen Bistro im fünften Pariser Arrondissement. Der Abend war für diese Jahreszeit erstaunlich lau und Frederic hatte ihr gerade erklärt, dass es hier herrliche Käsespezialitäten, Fondues der Extraklasse, Raclettes und Steingrillplatten gäbe. Auch seien die Köche wahre Wunderknaben wenn es darum ging, den verschiedensten Gemüsespezialitäten die feinsten Geschmacksnuancen zu entlocken. Die Weine, Champagner und Liköre des Hauses seien ohnehin über jeden Zweifel erhaben.

Das alles konnte Bridget fast nicht glauben, denn das kleine Lokal sah nicht wie ein Luxus- und Hauben-Lokal aus. Es wirkte auf den ersten Blick wie ein ganz normales Bistro. Im Laufe der folgenden Stunden erkannte Bridget aber, dass das Drumherum hier eher bescheiden war und sich die wahre Raffinesse auf den Tellern und in den Gläsern befand. Die Weine, die Frederic aussuchte, waren himmlisch! Bridget war zwar mit der Speisekarte überfordert gewesen und auch ein wenig ratlos, doch Frederic wählte für sie und er machte dies sensationell – das Essen war ein Hochgenuss!

In der ersten halben Stunde musste sich Bridget an die Sprache gewöhnen: Sie hatte Französisch in der Schule gelernt und als Studentin in Metz sogar als Au-Pair-Girl gearbeitet, nur war das eben schon eine Weile her. Sie freute es, als sich schnell wieder ein Gefühl für das Französische einstellte. Von Vorteil war, dass sie sich auch des Englischen bedienen konnte: Die Gesellschaft, die Frederic heute zu Tisch geladen hatte, führte die Konversation zwar auf Französisch. Alle beherrschten aber auch das Englische. Da sich Bridget beim Verstehen leichter tat als beim Reden, konnte sie den Unterhaltungen problemlos folgen und, wenn nötig, sich auf Englisch am Gespräch beteiligen.

Acht Leute saßen an dem langen Tisch, den Frederic reserviert hatte: Da waren natürlich Frederic und Bridget. Außerdem anwesend war Frederics Bruder Henri und dessen Frau Vanessa. Etwas jünger als die beiden Brüder und Vanessa war Sophie. Sophie war Bridget sofort sympathisch. Sie war etwas rundlich und trotzdem sehr hübsch, extravagant gekleidet und sie lachte viel. Sophie direkt gegenüber saß das Ehepaar Terront. Beide waren etwa in Bridgets Alter. Er war etwas übergewichtig, aber ein hohes Tier bei Le Figaro. Sie war mager und sah verbraucht aus. Während er ziemlich von sich eingenommen war, war Louise Terront bescheiden, zuvorkommend und zu Bridget ausnehmend freundlich: Sie schien sich tatsächlich zu interessieren für das, was Bridget zu sagen hatte. Während am Anfang des Abends die gesamte Tischgesellschaft miteinander plauderte, zerfiel die Konversation mit fortgeschrittener Stunde in Einzelgespräche zwischen zwei oder maximal drei Leuten. Bridget genoss ihre

Unterhaltung mit Louise sehr – nicht nur das Essen war hier gut, auch die Unterhaltungen, die man führen konnte.

Zuletzt war da noch Patrick. Ein Fotograph und Künstler. „Er fotografiert vor allem nackte Frauen und behauptet, es sei Kunst!", lachte Sophie. Patrick schien verlegen zu sein „Ich habe dich fotografiert und du hast selbst gesagt, dass die Fotos phantastisch sind!", entgegnete er und sah dabei seltsamer Weise nicht zu Sophie, sondern zu Bridget. „Dein Modell war eben die reinste Wucht!", kicherte Sophie und tätschelte demonstrativ die zwei Speckröllchen, die den Platz unter ihrem runden Busen beanspruchten. Patrick zuckte nur mit den Schultern.

Bridget hatte bald festgestellt, dass Patrick unentwegt zu ihr blickte. Am Beginn des Abends versuchte er, dies diskret zu tun. Nachdem Bridget ihn das ungefähr zwölfte Mal dabei ertappte, wie er sie anglotze, gab es sein Bemühen um Diskretion auf. Er rückte sogar einen Stuhl in Bridgets Richtung, sodass er sie ansehen konnte, ohne den Kopf drehen zu müssen. Bridget war begehrliche Blicke von Männern zwar gewohnt, dieser Patrick war ihr aber unheimlich. Im Grunde war er ja ganz attraktiv. Er war dunkel, was Bridget zusagte. Sein wirrer Wuschelkopf war nicht ganz nach ihrem Geschmack, aber für einen Künstler ganz passend. Er war groß, was Bridget gut fand, bewegte sich aber etwas seltsam. Er schien feinmotorische Probleme mit seinen langen Armen und Beinen zu haben und wirkte ein wenig tapsig. Die Tatsache, dass er Aktfotografie machte, war natürlich spannend. Bridget konnte sich gut vorstellen, dass Patrick so manches Modell nicht nur ablichtete, sondern praktischer Weise auch gleich vögelte. Eine Akt-Fotosession, die zu einer Fickerei mutierte… Bridget musste sich zwingen, ihr Kopfkino in die Schranken zu weisen. Ansonsten würde sie den Gesprächsfaden verlieren.

Bridget war verwundert, wie leicht die Weine hier waren. Sophie warnte sie jedoch, nachdem Bridget in relativ kurzer Zeit drei Gläser geleert hatte: „Die Weine sind so hervorragend, dass man den Alkohol nicht merkt. Köstlich, aber gefährlich!", flüsterte ihr Sophie abschließend zu und zwinkerte dabei. Dieses Zwinkern war seltsam. Flirtete Sophie mir ihr?

Lange konnte Bridget nicht darüber nachdenken, denn das Gespräch kam gerade auf Bridgets Vornamen. Warum sie, als Ausländerin, einen französischen Namen hatte, wollte man wissen. Wieder einmal erzählte sie die Geschichte, dass ihr Onkel ein begeisterter Fan von Bridget Bardot war und nur einwilligte, ihr Taufpate zu sein, wenn das Mädchen Bridget getauft wurde. Ihr Onkel bekam seinen Willen. Außerdem gab es immer wieder Phasen, in denen französische Namen auch außerhalb Frankreichs modern waren: Es gab nicht wenige Marcels, Fabiennes und Vanessas auf dieser Welt.

Bridget merkte, dass sie sich die Beine vertreten musste. Sie entschuldigte sich und ging hinaus in die Pariser Nacht. Jede Stadt roch anders, stellte Bridget fest und atmete tief durch. Sie merkte, dass der Tag schon sehr lang war und sich Müdigkeit einstellte. Am Morgen war sie von Irina noch einmal gebrieft worden. Dabei war das unnötig, denn Frederic war offenbar ein sehr umgänglicher und unkomplizierter Typ. Hellhörig war Bridget als Irina erzählte, dass er es in den letzten Jahren mit Sex nicht mehr so hatte und sich darauf spezialisiert hatte, seine Damenbekanntschaften lieber materiell zu verwöhnen. Als Irina das erwähnte, hatte es Bridget ohne große Emotionen zur Kenntnis genommen. Es war auch egal, denn ein angenehmes Wochenende in Paris war ein angenehmes Wochenende in Paris, auch wenn kein Sex im Spiel sein sollte.

Als Bridget am Paris Flughafen allerdings von Frederic abgeholt worden war, bedauerte Bridget die Tatsache, dass dieser Mann sexuell nicht mehr sonderlich aktiv zu sein schien. Wenn wahr war, was Irina behauptete…

Frederic war schlank und schien sportlich zu sein. Ja, er war etwas älter, sicher schon über 50 und ja, Bridget fand eher junge Männer mit ihrer erstaunlichen sexuellen Ausdauer, wie sie eben nur die Jugend hat, interessanter. Frederic hatte sich aber gut gehalten, bewegte sich wie ein junger Mann, war elegant gekleidet und hatte Stil. Er hatte Lachfalten und ein paar graue Haare, aber er wirkte total ausgeglichen und souverän. Bridget schaute sinnierend einem vorbeifahrenden Pariser Taxi nach. Charismatisch, jetzt war ihr das Wort eingefallen: Frederic war charismatisch und Bridget fand ihn interessant.

Neben ihr stand im nächsten Moment aber nicht Frederic, sondern Patrick. Er sagte nichts, sondern hielt ihr eine Packung Zigaretten entgegen. Warum wollten sie eigentlich heute alle Männer zum Rauchen verführen?

„Ich rauche nicht!", lehnte sie ab. Patrick zog erstaunt eine Augenbraue hoch. „Sie riechen aber, als ob Sie rauchen würden. Pardon, wenn ich das sage. Es ist nicht negativ gemeint." Er steckte sich selbst eine Zigarette an und schob die Schachtel und Feuerzeug in seine Manteltasche.

„Schon gut.", antwortete Bridget und versuchte, ihre Verblüffung zu verbergen. Ihre Aktion mit der Zigarette und dem Feueralarm war vor mehr als elf Stunden gewesen.

Inzwischen hatte sie ihr Parfüm aufgefrischt, gegessen und getrunken – und dieser Patrick hielt sie für eine Raucherin!

„Meine Nase ist mein eigentliches Talent", sagte Patrick schließlich. „Ich kann die zartesten Gerüche wahrnehmen. Darin bin ich wirklich gut, viel besser als beim Fotografieren, um ehrlich zu sein."

Dieser Patrick war gar nicht so übel, dachte Bridget. Sie nahm den Zigarettenrauch wahr und stellte erstaunt fest, dass hier nicht nur die Weine besser schmeckten als zu Hause, sogar die Zigaretten rochen nicht so widerlich. „Mit meiner Nase gebe ich immer bei Frauen an. Ich sage ihnen, welches Parfüm sie tragen und dann sind sie mächtig beeindruckt! Es ist nicht oft, dass ich mich täusche, wie gerade eben." Enttäuschung klang in seiner Stimme. Er ließ den Zigarettenstummel zu Boden fallen und trat die Glut aus.

Bridgets Neugierde war geweckt. „Und? Welches Parfüm trage ich?", wollte Bridget nun wissen.

„La Vie est Belle natürlich!", kam es wie aus der Pistole geschossen. „Stimmt doch, oder?"

„Ja. Völlig richtig!" Bridget war ehrlich beeindruckt. Patrick strahlte. Er trat näher an sie heran und roch an Bridgets Nacken. Die Nähe des Mannes ließ ihr Herz schneller schlagen.

„Iris, Jasmin und Orange in der Herznote, Patchouli, Tonkabohne und Vanille in der Basisnote. Herrlich. Und verträgt sich hervorragend mit dem würzigen, orientalischen Tabak der Camel, die sie angeblich nicht geraucht haben." Patrick hatte sich wieder zwei Schritte entfernt. Er klang gelassen, fast nüchtern.

Bridget konnte nicht glauben, was sie gerade gehört hatte. „Wenn sie sich doch einmal dazu entschließen sollten, mit dem Rauchen anzufangen, bleiben sie bei der Camel. Außer, sie wechseln ihren Duft natürlich. Dann können sie aber gerne zu mir kommen, ich berate sie gerne!" Patrick lächelte, drehte sich um ging wieder zurück ins Restaurant.

„Das glaube ich dir gerne!", murmelte Bridget, noch immer beeindruckt. Dann kehrte sie auch wieder an den Tisch im Bistro zurück. Inzwischen war eine Runde Liköre bestellt worden. Sophie nippte bereits an ihrem Glas: „Hat er bei dir seine Nummer mit dem Parfüm abgezogen?", wollte Sophie wissen. Bridget fand, dass Sophie schon ziemlich beschwipst war. Bridget bot ihr ihren Likör an. Ihr war nicht danach. Sophie ließ sich nicht lange bitten und kippte sich den Inhalt des kleinen Glases in den Rachen. „Normaler Weise bin ich keine Säuferin. Aber wenn es in den Kerker der Lust geht, brauche ich vorher ein paar Getränke!" Sie kicherte. „Du kommst doch mit, oder? So eine attraktive Frau wird im Kerker der Lust bestimmt wie eine Prinzessin verwöhnt werden!" Wieder kicherte Sophie.

Kerker der Lust? Ein guter Name für ein BDSM-Studio, dachte Bridget. Davon hatte Irina nichts berichtet, wunderte sich Bridget. Sie zog ihr Handy hervor. Während sie draußen mit Patrick gequatscht hatte, hatte sie eine Nachricht empfangen: „Wenn du mit in den Kerker der Lust kommst, gibt es 5.000 Euro extra! F."

Stimmt ja, erinnerte sich Bridget. Sie war ja als Callgirl gebucht worden. Das hatte sie in diesen angenehmen Stunden mit diesen angenehmen Menschen fast vergessen.

„Einverstanden!", tippte sie. Sie würde offen sein für alles, was ihr angeboten wurde. Ein bisschen Müdigkeit reichte nicht aus, um auf eine sexuelle Erfahrung verzichten zu können. Sie war gespannt, was sie erwarten würde.

KAPITEL 15: IM KERKER DER LUST

Drei Taxis brachten die Tischgesellschaft in das 16. Arrondissement, dem teuersten Villenviertel der Stadt. In einer Seitenstraße hielten die Fahrzeuge vor einer zweistöckigen Villa aus dem 19. Jahrhundert. Eine niedrige Mauer, auf die ein hoher, schmiedeeiserner Zaun gesetzt worden war, umgrenzte das Grundstück. Das Tor war herrschaftlich, die indirekte Beleuchtung im Garten setzte Pflanzen und Skulpturen in Szene.

Frederic bezahlte die Taxis und öffnete per Fingerabdruckscanner eine kleinere, rechts neben dem Tor in die Mauer eingelassene Tür, welche ebenfalls aus Schmiedeeisen gefertigt worden war. Durch diese Tür schlüpfte die kleine Gruppe auf das Anwesen und Frederic ging voran in das elegante Gebäude.

„Sophie, könntest du Bridget die Räumlichkeiten zeigen?", bat Frederic die dralle Brünette. „Au ja, das mach ich gerne!", schien Sophie ehrlich begeistert zu sein. Was Bridget dann zu sehen bekam, war erstaunlich:

Das Haus war wie ein Hotel strukturiert: Jeder Gast hatte ein Zimmer mit begehbarem Schrank und großzügigem Badezimmer. Bridgets Raum war im zweiten Stock und bot alle nur erdenklichen Annehmlichkeiten. Kein Zweifel, auch in einem 5-Sterne-Hotel würde man nicht mehr geboten bekommen. Bridget pfiff anerkennend, als ihr das Ausmaß des Luxus, der hier herrschte, klar geworden war.

„Das Beste kommt aber noch!", machte es Sophie spannend und führte Bridget in den begehbaren Kleiderschrank: Hier gab es alles, was Frau für eine SM-Party an Mode benötigen würde. „Die Größe sollte passen, wir haben uns bei Irina erkundigt!", kicherte Sophie. „Sieh dich in Ruhe um und zieh dir dann was Hübsches an! Wenn du fertig bist, gehst du bis zum Ende des Flurs. Dort ist der Lift. Fahre in den Keller. Du wirst sehen, der Kerker der Lust hat es wirklich in sich!"

Bridget überlegte kurz, ob sie sich – sofern es bei dieser Mode überhaupt möglich war – etwas Dezentes aussuchen sollte. Oder besser gleich aufs Ganze gehen? Schließlich war sie ja als Callgirl hier!

Bridget legte die Leder-Leggings ins Regal zurück und nahm stattdessen den Ouvert-String. Und statt des engen Crop-Tops, ebenfalls aus Leder, griff Bridget zur Büstenhebe. Straps-Halter und Strümpfe ergänzten den Look. Außerdem legte sie sich ein schwarzes Choker-Band mit O-Ring heraus. Damit würde die klarstellen, welche Rolle sie spielen wollte.

Bridget genoss in Ruhe eine Dusche und widmete sich dann in allen Details und ohne Hast ihrem Make-Up. Frederic sollte heute was geboten werden…

Bridgets Vorbereitungen dauerten fast eine dreiviertel Stunde. Dann betrachtete sie sich im Spiegel. Die Mühe hatte sich gelohnt und die Vorfreude wuchs. Sie würde heute jede Zurückhaltung aufgeben und all ihre Lust und ihre Begierden zulassen. War nur zu hoffen, dass die Männer hier ordentlich zulangen konnten, wenn es nötig war.

Bridget ging zum Lift. Nur gut, dass sie in diesen High-Heels nicht weit würde gehen müssen. Die Höhe der Absätze war absurd. Als im Keller die Türen des Aufzuges zur Seite glitten, fand sich Bridget in einem großen Raum wieder, der verblüffend detailliert einer mittelalterlichen Folterkammer nachempfunden war. Da hatte sich jemand mit einer großen Liebe zum Detail und mit erheblichen finanziellen Mitteln eine sexuelle Phantasiewelt erschaffen. Langsam schritt Bridget in den Raum. Das Licht war gedämpft. Schwarz, rot, silber und grau waren die vorherrschenden Farben, Stein, Metall und schwarz lackiertes Holz die Materialien. Bridget musste sich erst orientieren.

Zuerst sah sie das Ehepaar Terront: Die brave Louise war zur Domina geworden. Sie trug String, Strapse, ein schwarzes Korsett sowie Armstulpen aus rotem Satin. An einer Leine führte sie ihren fetten Mann durch den Raum. Er trug eine Latex-Kapuze und krabbelte auf allen Vieren. Louise schien völlig in ihrem Element zu sein und ließ eine Peitsche mit vehementer Kraft auf den Rücken ihres arroganten Gatten niedersausen. Das geschah im recht, dachte Bridget. Bei diesem Spiel würde Bridget nicht mitmachen. Außerdem sah es nicht so aus, als ob Louise Hilfe brauchte oder wollte. Bridget wandte sich ab: Dominante Frauen und zum Tier degradierte männliche Subs waren nicht gerade ihr Fall.

Lustvoller ging es da auf dem großen SM-Bett zu, das in einer anderen Seite des Raumes stand. Fesseln und Peitschen, Seile und Paddels kamen aber ebenso wenig zum Einsatz wie

Knebel oder Klammern. Es war zwar auf den ersten Blick schwierig, die ineinander verschlungenen, fickenden und kopulierenden Körper auseinanderzuhalten, aber insgesamt stellte sich die Lage wie folgt dar: Henri lag auf dem Rücken und beglückte mit seiner Zunge die über bzw. auf seinem Gesicht sitzende und heftig stöhnende Sophia. Zwischen Henris Beinen machte sich seine Frau oral an seinem Schwanz zu schaffen. Diese wiederum wurde von Patrick lustvoll von hinten genommen. Meine Güte, die vier hatten ihren Spaß!

So, wie es aussah, würde sie es mit Frederic zu tun bekommen. Bridget blickte sich um. Sie entdeckte Frederic auf einem thronartigen Stuhl. Er hatte ein Cognac-Glas in der Hand und sah vergnügt dem vierblättrigen Kleeblatt zu. Links vom Stuhl war ein Andreaskreuz an der Wand montiert worden, vor ihm stand ein Strafbock, mit der man die auf dem Bauch liegende Delinquentin an Hand- und Fußgelenken festschnallen konnte, um sie gefügig für die Behandlung des Meisters machen zu können. Eine umfangreiche Auswahl an Folterinstrumenten hing an der Wand.

Bridget ging auf Frederic zu und nahm unaufgefordert ihre Warteposition ein: Sie kniete sich mit gespreizten Oberschenkeln vor Frederic, verschränkte ihre Arme hinter ihrem Nacken und senkte den Blick. Sie merkte, dass Frederic sein Glas abstellte. Er stand auf, griff in ihre Haare und zog ihren Kopf nach hinten, sodass sie ihn anschauen musste. „Stell dich ans Andreaskreuz!", sagte Frederic bestimmt. Trotzdem klang da Respekt und Höflichkeit durch. Bridget fühlte sich sofort wohl. Sie erhob sich also und ging an das Andreaskreuz. Mit dem Gesicht zur Wand wurden Hand- und Fußgelenke an das mit Leder gepolsterte Foltergerät gekettet. Ohne ein weiteres Wort zu verlieren, ging Frederic an die Züchtigung der Frau, die ihm Irina geschickt hatte.

Ohne Hast, aber vom ersten Schlag an mit erheblichem Nachdruck, ging der Flogger auf Bridgets Po nieder. Mit der Zeit wurden die Schläge heftiger, dann wurde das Gerät getauscht. Auf den Flogger folgte das Paddel. Auch der Schmerz änderte sich: Während Bridget am Beginn das Brennen und Ziehen jedes Hiebs in jeder schmerzhaften Nuance wahrnahm, wurde der Schmerz, den die Schläge auf ihr Hinterteil auslösten, nach und nach diffuser und unbestimmter: Ihr Arsch schmerzte nicht mehr nur beim Aufklatschen des Paddels, sondern die ganze Zeit. Und es schmerzte nicht nur ein lokal genau bestimmbarer Teil ihres Hinterns, vielmehr schien sich der Schmerz überall hin auszubreiten. Sie dachte an den Alkohol und die Zigaretten. An ihre Shopping-Exzesse. An den armen, gedemütigten Jakob. An die vielen unbekannten Frauen, deren Männer sie durch flüchtige Quickies zu Ehebrechern gemacht hatte. Sie hatte diese Züchtigung verdient…

Bridget streckte ihren Arsch provokant ihrem Züchtiger entgegen und bettelte um weitere Schläge, indem sie ihren Po hin und her pendeln ließ. Frederic war überrascht. Diese Bridget war hart im Nehmen und äußerst hingebungsvoll. Kurz überlegte er, ob er die Frau nicht vom Kreuz nehmen sollte. Ihr Po war knallrot, sie stöhnte inzwischen bei jedem weiteren Schlag. Sie konnte die zum Weitermachen einladenden Bewegungen ihres Hinterteils unmöglich ernst meinen…

Frederic machte einen kurzen Schritt zur Seite, beugte sich nach vorne und blickte Bridget ins Gesicht. Sie schwitzte, ihr Make-Up war ruiniert und sie hatte die Augen geschlossen. Doch ihr Gesichtsausdruck war voller Lust und sexueller Erfüllung. Sie schien sich in einer Trance zu befinden. Ein Lächeln umspielte ihre Lippen. Sie biss sich kurz auf die

Unterlippe, dann öffneten sich ihr Mund ein kleinwenig und ihre Zungenspitze züngelte wie bei einer Schlange über ihre Oberlippe. Frederic beschloss, ihr noch ein paar Schläge zu verpassen.

Als Frederic Bridgets Fesseln löste, hatte sie längst nicht mehr zwischen Schmerz und Lust unterscheiden können. Ein Hormonrausch hatte jede ihrer Körperzellen geflutet und sie hatte weiche Knie. Bridget hatte auch keine Ahnung, wie lange sie am Andreaskreuz gestanden hatte. Sie wusste nur, dass sie und Frederic eben sehr weit gegangen waren.

„Kann ich was zu trinken haben, Meister?", bat sie Frederic. „Sag Frederic zu mir!", korrigierte er sie, jetzt mit einem fast liebevollen Ton. „Ich bestimme über dich, egal, wie du mich nennst. Also verwende gleich meinen richtigen Namen!"

Frederic holte eine Flasche. „Hinknien!", befahl er. Er fasste Bridget wieder an den Haaren und zwang sie so, noch oben zu schauen. Auf diese Weise konnte er das Perrier aus der Flasche direkt in ihren Hals rinnen lassen. Bridget dankte Gott, dass es kein Sekt oder irgendein anderer Alkohol war.

Nach der Trinkpause beorderte sie Frederic auf den Strafbock. Wieder wurden Arm- und Fußgelenke festgezurrt. Die Halterung, die ihren Kopf auf angenehme Weise stützte, sorgte dafür, dass ihr jederzeit jemand seinen Schwanz in den Mund schieben konnte. Ihre Oberschenkel waren ohnehin derart weit geöffnet, dass sie auch von hinten problemlos penetriert werden konnte. Bridget ahnte längst, was kommen würde. Sie hoffte aber, dass Louisa noch immer mit ihrem Gatten beschäftigt war. Wenn schon zwei Schwänze, dann Frederic und Patrick.

Wieder wurden Bridgets Wünsche von einer höheren Macht, es musste eine Sexgöttin sein, erfüllt. Patrick war von vorne an Bridget herangetreten, Frederic hatte von hinten ihre Hüften gepackt. Fast gleichzeitig drangen die beiden Männer in sie ein. Keine der beiden übte sich besonders in Zurückhaltung. Am meisten Eigeninitiative konnte Bridget beim Oralsex mit Patrick beweisen. Mit Lippen und Zunge verwöhnte sie das heiße, pralle Glied. Patrick war so steif, dass Bridget sogar die hervorquellenden Adern auf seinem Penis fühlen konnte.

Was Frederic betraf, so war sie diesem hilflos ausgeliefert: Der Mann füllte sie mit tiefen, nicht besonders hastigen Stößen aus. Er machte dies aber unablässig, ausdauernd und mit Hingabe. Noch immer glühte die Haut auf ihrem Gesäß. Die Sinneseindrücke waren schlichtweg überwältigend. Säfte rannen über ihre Schenkel und über ihr Kinn. Es roch nach Sex, Rasierwasser, Parfüm und Schweiß. Die Signale ihrer Klitoris waren intensiv und unbeschreiblich, Zunge und Lippen fühlten die feste Konsistenz eines zum Bersten angeschwollenen Schwanzes. Orgastische Gefühle ließen ihren Körper erbeben und irgendwann, Bridget hatte sich längst ihrer Erschöpfung ergeben, ließen die Männer von ihr ab.

KAPITEL 16: SHOPPEN IN PARIS

Als Bridget am nächsten Morgen aufwachte, erinnerten sie schmerzende Hand- und Fußgelenke an die sündhaften Vorkommnisse der letzten Nacht. Ein Blick auf der Uhr verriet ihr, dass es erst 9 Uhr morgens war und sie nur wenige Stunden geschlafen hatte. Sie fühlte sich erstaunlich fit, erholt und geläutert: so, als ob der nächtliche Exzess all den Ballast auf ihrer Seele weggeschwemmt hätte.

Tatsächlich fühlten sich alle Sinneseindrücke kristallklar an. Die Nebel hatten sich gelichtet und die Welt sah bunter und lebendiger, irgendwie frischer aus. Kurz überlegte sie, ob sie versuchen sollte, nochmal einzuschlafen. Aber dafür fühlte sie sich zu munter und energiegeladen. Eine Nachricht auf ihrem Handy lud sie in die Rue du Faubourg, um 11:30 sollte sie dort sein. Das passte genau, um eine Dusche zu nehmen, sich hübsch zu machen, ein kurzes Telefonat mit Nate und Sarah zu führen und ein kleines Frühstück zu nehmen.

Für den heutigen Tag in der Stadt hatte Bridget Stiefeletten von Saint Laurent gewählt, dazu kombinierte sie eine Skinny-Jeans von NYDJ sowie einen engen Pulli mit Stehkragen von

Wolford. Ober drüber trug Bridget einen ebenso schlichten wie schmal geschnittenen Stoffmantel von Hugo Boss.

Derart gedresst stieg Bridget an der genannten Adresse aus. Sofort erblickte sie Frederic. Sie war zufrieden, als sie sein Outift sah. Er trug auch schlichte Jeans, dazu ein weißes Hemd und einen grauen Kurzmantel mit hohen Kragen. Die schwarzen Lederschuhe glänzten in der Sonne. Sofort öffnete er die Autotür und reichte Bridget galant zum Aussteigen seine Hand. Nach den üblichen Begrüßungsküsschen führte er Bridget geradewegs in das Geschäftslokal, vor dem das Taxi gehalten hatte: Es war eine Filiale von Cartier.

Bridget spürte ihre Vorfreunde. Irina hatte ja erwähnt, dass Frederic zu seinen Damenbekanntschaften immer ausgesprochen großzügig war. Nun war sie neugierig, was sie diesem Frederic wert war. Und ob Irina tatsächlich richtig lag. Das war nicht sicher, denn bei Frederics sexuellen Qualitäten lag sie ziemlich daneben…

Im Geschäft scheinen alle Bediensteten Frederic zu kennen. Mehr noch, er wurde nicht wie ein werter Stammkunde, sondern eher wie ein Familienmitglied begrüßt. Sofort wurden auf einem Tablet raffiniert kreierte Brötchen kredenzt und Champagner gereicht. Frederic setzte sich in einen Stuhl, der Bridget an den Master-Thron im Kerker der Lust erinnerte, auf dem Frederic gestern gesessen hatte.

„Chantal berät dich gerne!", verkündete Frederic und hob sein Glas. Als Bridget auf ihn zuging, um mit ihm anzustoßen, erhob er sich rasch. Die Gläser erklangen kurz, beide machten einen kleinen Schluck und Chantal nahm sich ihrer neuen Kundin an.

„Es ist ganz einfach. Frederic hat mir sein heutiges Budget genannt – ich kann ihnen verraten, es ist außerordentlich großzügig. Sie sagen mir, was ihnen gefällt und ich sage ihnen, ob sich ihr Wunsch verwirklichen lässt. Ich sage Ihnen das ganz offen und unmissverständlich, damit Sie wissen, woran Sie sind." Chantal lächelte ein professionelles Juwelierinnen-Lächeln. Bridget nickte.

Nach 45 Minuten packte Chantal Schmuck im Wert eines Kleinwagens in mehrere, kleine Schächtelchen und diese wiederum in ein dezentes Einkaufstäschchen mit dem noch dezenteren Aufdruck Cartier. Bridget wusste nicht, ob ihr vom Luxus oder vom Champagner schwindlig war. Frederic bemerkte offenbar ihr Unwohlsein: „Du warst gestern äußerst hingebungsvoll und leidenschaftlich. Viel mehr, als in der Art Geschäftsbeziehung, die wir eingegangen sind, zu erwarten ist. Das ist nur ein kleines Dankeschön." Frederic sah zufrieden aus. Er nahm sie in den Arm und drückte ihr ein unschuldiges Küsschen auf die Wange.

Dann brachte Frederic Bridget in die Rue de la Chaise. Auch in der dortigen Boutique war man auf ihren Besuch vorbereitet. Wieder standen Snacks und Champagner parat, wieder wurden sie sehr herzlich empfangen. Bridget stand die gesamte Boutique samt aller Bediensteten zu Verfügung. Frederic hatte einen Mindestumsatz versprochen, der um 30 Prozent höher war als in vergleichbaren Zeiträumen. Businessoutfits mit Bleistiftrock und Hose, Mäntel und Jacken, phantastische Designer-Jeans, aus edelstem Leder gefertigte Gürtel sowie sorgfältig geschneiderte Blusen und Tops aus erstklassigen Stoffen wanderten über den Ladentisch. Wieder sah Frederic sehr zufrieden aus, als die beiden die Boutique verließen. Noch zufriedener war nur die Boutiquebesitzerin, als sie den Ausdruck der Kreditkartenrechnung überprüfte…

Nach einer kleinen Mittagspause in einem Bistro ging es weiter zu Saint Laurent, versprach Frederic. Bridget fühlte ein Kribbeln unter ihrer Haut – sie liebte diese Schuhe und würde dort ganz bestimmt völlig die Beherrschung verlieren. Hoffentlich gab Frederics Budget noch was her…

Die Filiale lag ganz in der Nähe des Jardin des Tuileries. Der Store erinnerte an ein Museum mit wertvollen Artefakten: Die Schuhe standen wie Kunstwerke in den Regalen, jedes einzelne Paar gekonnt mit Lichtinstallationen in Szene gesetzt. Die Inneneinrichtung war exquisit, dezente Musik erklang und die Bediensteten waren der Inbegriff an Diskretion und nobler Zurückhaltung. Hier nahm der materielle Konsum in Form von Designerschuhen religiöse Dimensionen an. Tatsächlich hatte dieses Geschäft etwas von einem Tempel, in dem man transzendentale Rituale vollführt.

Und dieses Ritual sah wie folgt aus: Man nippte am Champagnerglas, naschte Trüffel-Häppchen, Lachs- oder Kaviar-Snacks und probierte Schuhe. Man stellte sich vor den langen Spiegel und beobachtete ungläubig, wie sehr man durch noble Schuhe verwandelt wurde. So empfand es zumindest Bridget, die schon beim ersten Paar, es waren schwarze Absatzsandalen aus Lackleder mit goldenem Absatz, ihre Kontenance verlor. Mit Begeisterung probierte sie ein Paar nach dem anderen, völlig überwältigt vom raffinierten Design, den edlen Materialien und der kunstfertigen Ausführung dieser Traumschuhe.

Last but not least da war da die Anerkennung der Bediensteten, die um sie herumwuselten und sie von vorne bis hinten, nach Strich und Faden bedienten und wie eine Halbgöttin behandelten. Immer, wenn Bridget in ein neues Paar schlüpfte und sich vor dem Spiegel betrachtete, wurde ihr

Auftritt mehr als nur wohlwollend kommentiert. Bridget liebte diese Anerkennung! Vielleicht waren hier in diesem Store aber alle nur Verkaufsprofis, die immer so reagierten, wenn eine Dame Schuhe im Wert von mehreren tausend Euro probierte. Bridget fand jedoch, dass die begeisterte Reaktion der Verkäuferinnen ehrlich und authentisch war. Letztlich war dies alles aber egal und schwirrte nur einen kurzen Augenblick durch Bridgets Gedanken, ausschlaggebend war das berauschende Gefühl, das diese Schuhe in ihr verursachte.

Bridget probierte gerade göttliche Stiefeletten mit einem extravaganten Absatzdesign, als sich sogar der stets gelassen wirkende Frederic staunend aus seinem Stuhl erhob und sein Champagnerglas abstellte. „Du bist eine erstaunliche Frau!", sagte er und klang dabei fast ein wenig ergriffen. „Ich bestehe darauf, dass du diese Schuhe heute Abend trägst!" Es würde Bridget nicht schwerfallen, ihm diesen Wunsch zu erfüllen….

KAPITEL 17: PARTY!

Am Abend führte Bridget ihre neue Mode und den Schmuck aus. Sie schwebte seit dem Schuhgeschäft endgültig auf Wolke sieben und sie schaffte es auch nicht mehr, diesen euphorischen Zustand, in den sie nicht zuletzt die neuen Schuhe versetzt hatten, einzudämmen. Sie fühlte ihr Herz viel intensiver als normal, sie war aufgekratzt und euphorisch. Ein starker Tatendrang, gepaart mit einer enormen Erwartungshaltung hatten sie erfasst – dabei konnte sie gar nicht sagen, worauf sich ihre Unternehmungslust richtete. Es war pure Lebenslust.

Ein schwarzer Bentley mit weißen Kalbsledersitzen brachte Bridget und Frederic zu einer Villa, eine Stunde außerhalb von Paris. Die Villa war eigentlich ein kleines Schloss. Es handelte sich um einen klassizistischen Neubau, der im Grunde genommen geschmacklos war: Zu opulent, zu bombastisch, zu überladen, zu repräsentativ. Das gleiche galt für den Garten, das Make-Up der Damen, die Mode, den zur Schau gestellten Schmuck und auch für die Kulinarik: Am extravagantesten war der Salon, in dem ein Buffet Molekularküche anbot und die Bar Getränke in den seltsamsten Farben im Repertoire hatte. Manche Flüssigkeiten blubberten gespenstisch und rauchten rätselhaft.

Bridget verlor Frederic bald aus den Augen. Das störte sie gar nicht, so konnte sie sich in Ruhe umsehen und das Ambiente auf sich wirken lassen. Ehrlich erfreut war sie, als sie Sophie über den Weg lief. Auch sie war aufgedonnert, aber auf gekonnte Weise. Sie trug ein kurzes, weinrotes Kleid mit tiefem Ausschnitt. Ihr großes Dekolleté lenkte von ihrem Bäuchlein ab. Das kurze Kleid präsentierte ihre Beine. Erstaunt nahm Bridget zur Kenntnis, dass Sophie sehr wohlgeformte Beine hatte – das war ihr am Vortag gar nicht aufgefallen.

„Fantastisch ist es hier, oder?" Auch Sophie war total aus dem Häuschen. „Du musst unbedingt von der Molekularküche probieren!" Ein Redeschwall hatte Sophie erfasst. „Die Sachen sehen nicht nur futuristisch aus, das Zeug schmeckt auch herrlich. Es braucht aber Überwindung – irgendwie seltsam, wenn man Sachen isst, die überhaupt nicht wie Essen aussehen!" Sophie hielt Bridget ihren Teller hin. Auf diesem rollten geleeartige, transparente Kügelchen herum, die einen angenehmen Duft verbreiteten. Bridget probierte skeptisch, war aber angenehm überrascht. „Fruchtsaftkaviar! Genial, oder? Aber die können mir nicht erzählen, dass da nur Fruchtsaft drinnen ist. Dafür bin ich viel zu high!", sprudelte es aus Sophie hervor.

Bridget grinste. Sophie war exakt in der gleichen Stimmung wie sie. „Wir sind heute ein perfektes Gespann: Wir machen die Männer kirre, vertilgen diese sündteuren Kreationen und kosten uns durch diese Zaubertränke hier!" Sie deutete auf die Bar mit den seltsamen Getränken. Sophie war auf einen Barhocker geklettert. „Zwei von diesen hier!", sagte sie zu einer Person hinter der Theke und deutete dabei auf die Abbildung eines grünlichen Cocktails auf der Getränkekarte. Die Person, die die Bestellung entgegennahm, wirkte geschlechtslos, war perfekt gestylt und nahm die Order nur mit einem Nicken zur Kenntnis.

Kurze Zeit später standen zwei hochgradig seltsame Cocktails vor ihnen auf der Bar: Die untere Hälfte der Gläser war mit einer klaren Flüssigkeit gefüllt worden. Die obere Hälfte war hingegen giftgrün und trübe. Das Ganze dampfte. Der Clou war aber, dass sich am unteren Rand der grünen Flüssigkeit Tropfen bildeten, die in die transparente Substanz hinabhingen.

„Was ist das?", sagte Bridget staunend, mehr zu sich selbst als zu Sophie. Ungläubig beäugte sie das seltsame Gebräu. Sie war sich nicht sicher, ob sie das wirklich trinken sollte.

„Wen interessiert das schon! Hauptsache, es wirkt!", lachte Sophie und nahm mutig einen Schluck. „Fühlt sich irre an!", sagte sie dann. Ihre Augen funkelten. „Das musst du probiert haben!"

Scheiß drauf, dachte Bridget und kostete. Tatsächlich sorgte nicht der Geschmack für den nachdrücklisten Eindruck dieses Getränks, es war vielmehr das, was sich im Mund abspielte: Es prickelte und kitzelte, das Getränk ähnelte einem Mikrogranulat und diese kleinen Kügelchen schienen sich eigenständig im Mund zu bewegen.

„Nicht gleich schlucken, sondern warten, bis sich alles aufgelöst hat". Das androgyne Wesen hinter der Bar konnte also doch sprechen und Bridget war dankbar für den Tipp, den sie bekommen hatte. Als sich die Kügelchen aufgelöst hatten, breitete sich ein köstlich limettenartiger Geschmack im Mund aus. Bridget schluckte das Zeug runter und jetzt brannte es ein wenig im Hals, aber auf eine angenehme Weise. „Genial!"

„Jetzt schon Krötenschleim?" Patrick stand plötzlich neben den beiden Damen. „Man sagt, einen zweiten überlebt man nicht!" Er lachte. Er wirkte heute viele weltmännischer und souveräner als gestern im Bistro. Er schnüffelte an Bridgets Nacken. „Keine Zigaretten heute? Brav! Dafür Champs Elysee von Guerlain? Guter Duft, steht dir ausgezeichnet. Mir auch einen!" Den letzten Satz hatte Patrick an die Barperson gerichtet. Dann wandte er sich wieder an Sophie und Bridget. „Nein, das war ein Scherz. Das Zeug ist harmlos. Es tut nur so, als ob es Teufelswerk wäre!" Dann nahm er sein Glas und ging wieder. „Serviere ihnen später noch den blauen Tropfen!", sagte Patrick im Gehen zur Barperson und zwinkerte ihr vielsagend zu. Diese lächelte teuflisch, Bridget und Sophie bekamen aber nichts davon mit.

„Das war ein Auftritt!", lachte Sophie und schaute Patrick nach, der sich schon auf eine dürre Rothaarige gestürzt hatte.

„Was für eine Party!" Bridget schaffte es inzwischen, nicht ihre ganze Aufmerksamkeit dem Krötenschleim zu widmen, sondern sich nun wieder mehr auf Sophie und das Rundherum einzulassen.

„Das kannst du laut sagen!", stimmte Sophie zu und ließ ihren Blick kreisen. „Fantastische Männer, findest du nicht?" Bridget konnte nur zustimmen. Das waren viele Exemplare der Gattung Mann dabei, die sie nicht von der Bettkante stoßen würde… Bridget atmete kurz durch und versuchte, den Gedanken an Sex zu verdrängen. Ihr Appetit auf Männer war in letzter Zeit noch größer geworden und manchmal begann ihr diese Unersättlichkeit Kopfzerbrechen zu bereiten.

Vielleicht war es gescheiter, sich heute nicht den Männern, sondern der seltsamen Cuisine zu widmen. Wann hatte man schon die Gelegenheit, Gelkapseln aus Tomatenbouillon zu essen und Getränke zu versuchen, die Neon-Palme getauft wurden?

Beim zweiten Getränk, es hieß Thunderstorm und sah aus, als ob bunt flouriszierende Wölkchen in einer schwarzen Flüssigkeit schweben würden, erzählte Sophie, dass diese Party einmal im Jahr stattfand.

„Nicht hier in diesem Haus natürlich, denn das ist praktisch neu. Aber vorher stand hier ein Bau aus den 60ern, ebenso scheußlich!", kicherte Sophie. Beide nahmen einen Schluck. Das Getränk war unglaublich kalt und schmeckte ein wenig nach Ananas, ein wenig nach Minze und ein wenig nach Lakritze. Sophie erzählte weiter: „Aber schon im alten Haus fand diese Party statt. Ich bin jetzt, glaube ich, das fünfte Mal hier!" Während Bridget am Thunderstorm nur nippte tat Sophie so, als ob man dieses Getränk gegen den Durst trinken könnte. „Irgendwie scheußlich", sagte sie, nachdem sie einen großen Schluck gemacht hatte. Nach dem Thunderstorm gingen die beiden tanzen. Als sie ausreichend erschöpft waren, kehrten sie an die Bar zurück.

„Spannend wird es um Mitternacht. Dann wird üblicher Weise der erste Stock geöffnet!" Sophie deutete mit dem Kinn zur Stiege und erst jetzt bemerkte Bridget, dass der Zugang zu der mit Stuck und Ornamenten überladenen Treppenkonstruktion durch ein Absperrband verwehrt worden war.

„Was geschieht um Mitternacht?", wollte Bridget natürlich wissen.

Sophie grinste seltsam. „Da oben gelten andere Regeln!", sagte sie dann. „Du weißt schon: Anything goes!" Sophie schob ihre Zunge gegen die Innenwand ihrer Wange und deutete damit Oralsex an.

Bridget hatte verstanden. Irgendwie war ihr gar nicht nach noch größeren, intensiveren Kicks. Was sie hier und jetzt und während des Tages an positiven Impulsen erlebte, reichte locker! Sie fühlte sich gerade äußerst wohl hier, im Salon an der Bar. Bridget blickte auf die Uhr. Die Zeit war schnell vergangen, es war bereits kurz vor Mitternacht. Sie wollte verhindern, von Sophie dazu genötigt zu werden, den ersten Stock zu erkunden. „Wie wäre es jetzt mit diesem Blue Liquid Drop?" Bridget deutete auf ein Bild, auf dem ein weißer Porzellanlöffel mit einer tischtennisballgroßen dunkelblauen, durchsichtigen Blase abgebildet war.

„Bin dabei!", sagte Sophie und lachte. „Das wird heute noch lustig werden!"

Bridget fand, dass das ein bisschen wie eine Drohung klang. Ihr waren aber heute Cocktails lieber als sexuelle Exzesse im oberen Stockwerk.

Während die nächste Runde fremdartiger Cocktails zubereitet wurde, erzählte Sophie munter weiter. „Noch rätselhafter als die Vorkommnisse im ersten Stock ist der Gastgeber!" Sie sagte dies in einem verschwörerischen Flüsterton, als würde sie nun auf das größte aller Geheimnisse zu sprechen kommen.

Bridget schaute fragend. „Nun sag schon! Was ist mit dem Gastgeber?"

„Es gibt keinen!", sagte Sophie dann. Inzwischen waren die blauen Geleeblasen serviert worden. „Ex, anders kann man sowas nicht trinken!", sagte Sophie. Beide Frauen nahmen den Löffel, führten vorsichtig die instabil wirkende Masse an den Mund ließen schließlich den blauen, golfballgroßen Drop in den Mund gleiten. Beim geringsten Druck mit dem Gaumen platzte die Hülle und ein heftiger Likör ergoss sich mit einer Geschmacksexplosion in Mund und Hals.

„Es gibt keinen? Was soll das heißen?" Bridget schüttelte sich, denn der letzte Drink hatte es in sich gehabt.

„Man bekommt eine anonyme Einladung, man wird eingelassen, man wird verwöhnt. Es wird einiges geboten. Aber niemals tritt ein Gastgeber auf, keiner begrüßt die Gäste oder moderiert den Ablauf. Es sind nur Bedienstete hier. Das war schon immer so! Es weiß auch niemand, wem dieses Anwesen gehört!"

Bridget war hellhörig geworden. „Gibt es Gerüchte?"

Sophie lachte. „Aber natürlich gibt es die! Ich glaube ja, dass wir es mit einer perversen Sekte zu tun haben. Sie geben uns dieses Teufelszeug" – sie deutete auf die Cocktails – „man macht uns gefügig, um uns dann dort oben" – nun deutete sie auf die Stiege - „abartigen sexuellen Praktiken zu unterziehen!" Eigentlich hatte Sophie soeben ein absolut verwerfliches Szenario entworfen, aus ihrem Munde klang es aber vielmehr, als wäre eine derartige Konstellation das Paradies auf Erden.

„Und, läuft etwas Abartiges dort oben?", wollte Bridget wissen. Sie war nun doch neugierig geworden.

„Ach was. Nichts, was man nicht auch in einer harten BDSM-Session oder einem Swinger-Club erleben kann!" Sophie tat ein wenig gelangweilt, übertrieb es aber mit ihrer zur Schau gestellten Gelassenheit. Bridget hatte das Gefühl, dass Sophie bei dieser Party schon so manches erlebt hatte.

Plötzlich hielt Sophie inne. Kurz bewegte sie sich gar nicht. „Hast du den Blitz gesehen?", fragte Sophie dann staunend. Sie schien irritiert zu sein und ließ suchend ihre Blicke schweifen.

„Was für einen Blitz?", gab Bridget ahnungslos zurück.

„Den grünen Blitz, der nach Limette geschmeckt hat!", rief Sophie aufgeregt.

„Ein grüner Blitz, der nach Limette geschmeckt hat?" Bridget wiederholte, was ihre Freundin gesagt hatte und jedes Wort klang nach verständnislosem Erstaunen. Sie wusste nicht, wovon Sophie da sprach.

„Da, schon wieder. Er kam von der Seite!" Sophie kicherte. „Das ist irre! Es blitzt und schmeckt nach Limette!" Da mischte sich die Barperson ein. Die lachte jetzt auch und gab damit das erste Mal eine menschliche Regung von sich. „Das ist der Krötenschleim in Kombination mit dem blauen Drop. Gemeinsam machen die Drinks seltsame Dinge mit einem. Ist aber harmlos und vergeht rasch wieder! Manche werden aber hungrig oder bekommen Lust auf Sex. Beides halb so schlimm!"

Da merkte es auch Bridget. Ein heftiger, grüner Blitz überstrahlte einen kurzen Moment die gesamte Szenerie, begleitet von dem limettigsten aller Limettenaromen, die sie jemals geschmeckt hatte. „Wow! Das ist echt witzig! Wieder blitzte es und dann spürte sie es in ihrem Schoß: Es wurde warm und feucht und sie hatte plötzlich ein unbändiges sexuelles Verlangen. Von einem Moment zu anderen bekam sie das intensive Bedürfnis, sich etwas Dickes zwischen die Schenkel zu schieben. Der Trieb, sexuell befriedigt werden zu wollen, war enorm stark und drängend.

„Komm'! Wir gehen in den ersten Stock!", sagte sie, nahm Sophie an der Hand und zog sie vom Hocker.

„Oh ja, nichts wie hinauf!", gackerte Sophie begeistert.

KAPITEL 18:
EIN FEST FÜR VOYEURISTEN

Als Bridget mit Sophie die Treppe hinaufging, merkte sie, dass sie schon ziemlich bedient war. Vor einer Stunde auf der Tanzfläche fühlte sie sich federleicht und ekstatisch. Jetzt hingegen fand sie ihren Zustand verwirrend. Da waren noch immer diese nach Limette schmeckenden Halluzinationen und der sexuelle Appetit. Nun fühlte sie aber auch eine gewisse Schlaffheit, so, also ob sie zu entspannt wäre. Die Knie fühlten sich weich an und jeder Schritt über die Stiege war anstrengend. Oben angekommen, verlor sie tatsächlich das Gleichgewicht, fiel aber direkt in Frederics starke Arme. „Du kannst schon mal losziehen, Sophie. Ich kümmere mich um sie!", hörte Bridget Frederic sagen.

Bridget war inzwischen wieder ein wenig zu Kräften gekommen, ihr Gleichgewichtssinn und der Muskel-Tonus waren zurückgekehrt. Bridget sah, wie sich Sophie bis auf die Unterwäsche auszog, die Klamotten auf ein Sofa fegte, sich noch einmal nach ihnen umdrehte und winkte: „Ich probier' mal den Darkroom. Ich hoffe, dass ich da nie mehr herausfinde! Wenn ihr etwas von mir wollt', müsst ihr mich eben ertasten!" Sophie kicherte und verschwand in einem neongrünen Flur, der offenbar zu besagtem Darkroom führte. Ihr runder Po wackelte dabei verführerisch im Neonlicht.

Inzwischen hielt Frederic Bridget ein Halsband mit O-Ring vor die Nase. „Hast du Lust?", fragte er ganz sachlich. Bridget war unschlüssig: Die Getränke, die fortgeschrittene Stunde und vielleicht auch die Fülle der Dinge, die sie in den letzten Stunden erlebt hatte, hatten sie mental total ermüdet. Im Kopf fühlte sie sich zu leer, um Sex zu haben, ihr Körper aber gierte danach. Bridget beschloss, Frederic zu vertrauen. Sie legte sich das Band an. „Du bleibst bei mir?", fragte sie Frederic. Dieser nickte sanft. Er hatte wirklich eine beruhigende Ausstrahlung und Bridget fühlte sich nun wohler.

Frederic schritt nicht gleich zur Tat. Stattdessen führte er Bridget durch das Stockwerk. Viele Menschen waren völlig nackt, manche sehr sparsam und sehr sexy bekleidet. Überall waren Dessous, Fetischmode und gleichermaßen seltsame wie offenherzige Kostüme zu sehen. In einem Raum gab sich eine Frau mehreren Männern, aber auch zwei Frauen, hin. Eine lange Schlange hatte sich gebildet, jeder und jede wollte zum Zug kommen. In einem anderen Raum, der Klinik, sah es wie in einer Arztpraxis aus. Nur war hier das Geschlechterverhältnis andersherum. Ein muskulöser Mann war auf einem Untersuchungsstuhl festgeschnallt worden. Eine Frau küsste den Mann, eine andere befriedigte ihn oral. Bridget bemerkte, dass ein kleines Gewicht an seine Hoden gekettet worden war. Eine dritte Dame ließ genüsslich heißes Wachs auf seine gut definierte Bauchmuskulatur tropfen. Die Mädels kicherten und kreischten. Die Stimmung hätte hier besser nicht sein können.

Zum nächsten Raum führte ein Pfeil, auf dem „Zum Alchemisten" stand. „Da findet die Drogenparty statt!", erklärte Frederic. „Willst du mal reinschauen?"

„Wieso nicht", gab Bridget ohne Begeisterung, aber auch ohne Vorbehalte, zurück. Sie hatte es sich längst abgewöhnt, vorschnell irgendwelche moralischen Urteile zu fällen. Jedem und Jeder das seine oder das ihre, je nachdem. Ihre eigenen Fantasien waren ja auch alles andere als rational. Außerdem war Bridget immer offen, wenn es darum ging, die Vielfalt der sexuellen Neigungen und Sehnsüchte kennenzulernen. Schließlich wusste man nie, ob doch nicht etwas für einen dabei war….

Das Alchemistenlabor hatte es in sich und war erstaunlich gut gefüllt. Die Luft war schrecklich, denn in einer Ecke saßen Leute und rauchten Zigarren. Dort lief es fast normal wie in einem Zigarrenclub ab, hätte nicht einer – im Stile von Bill Clinton – seiner weiblichen Begleitung seine Havanna in die Möse geschoben.

Dann gab es eine konventionelle Bar, wo Mann und Frau sich dem ganz banalen Suff hingegeben konnten. Auch da saßen schon einige, die es vorzogen, mit gut gefüllten Gläsern den kleinen und größeren Exzessen in diesem Raum beobachtend beizuwohnen.

In einem anderen Eck zog eine ziemlich junge Blondine eine mächtige Spur Kokain in ihr zartes Näschen, wobei ihr der Träger ihres Klitzerkleidchens über die Schulter gerutscht war und ihre magere Brust hervorblitzen ließ. Ein überaus galanter Gentleman hatte ihre lange Mähne zusammengefasst und sorgte dafür, dass der Dame ihr Goldhaar beim Drogenkonsum nicht im Wege war.

Eine andere Frau, nicht ganz so jung und nicht ganz so schlank wie die Kokain-Lady, lag mit nach oben gespreizten und gefesselten Beinen am Rücken, während ihr Typ Sekt in ihren Schritt füllte und diesen dann genüsslich aufsaugte. Auch so konnte man also zu seinem Rausch kommen, dachte Bridget.

Prominent in der Mitte des Raumes stand schließlich eine breite Spielwiese. Drei Frauen und zwei Männer lagen am Rücken und hatten ihre Köpfe nach hinten gestreckt. Jeder, der wollte, durfte in die gierigen Hälse einfüllen, wonach ihm beliebte. Es war klar, dass für die freiwilligen Delinquenten der Abend bald im Delirium enden würde. Dass so mancher Herr den Damen keine Flasche, sondern ihren Schwanz zwischen die Lippen schob, verstand sich von selbst…

Witzig, wenn auch riskant, waren die Automaten, aus denen man sich bunte Pillen herausdrehen konnte. Was diese kaugummigroßen Pastillen beinhalteten, was sie bewirkten und wieviel man überhaupt vertragen konnte, war unbekannt. Trotzdem bedienten sich zwei Männer lachend, während ihre weibliche Begleitung etwas abseits stand und skeptisch dreinschaute.

Frederic und Bridget überließen die heitere Gesellschaft ihrem fröhlichen Treiben und gingen weiter. Da war natürlich der Darkroom, von dem Sophie gesprochen hatte. Es gab Separees, in die man sich zurückziehen konnte, wenn man in kleinerer Runde weiterfeiern wollte. Es gab ein Schulzimmer für kecke Rollenspiele zwischen Doms und Subs. Und dann gab es ein äußerst umfangreiches, sehr gut ausgestattetes Zimmer für zarte und harte BDSM-Spielchen.

Beim Anblick dieser herrlichen Foltergeräte packte Bridget ihre Lust. Sie schmiegte sich an Frederic und küsste ihn leidenschaftlich, dabei wanderten ihre neugierigen Hände über seinen Po nach vorne in seinen Schritt. Vergnügt und zufrieden stellte sie fest, dass Frederic wie all die anderen Männer auf sie reagierte – mit sexueller Begierde. Frederic verstand diese unmissverständlichen Signale. Er führte Bridget an eine freie Folterbank und begann, ihr aus den Kleidern zu helfen. Kurze Zeit später stand Bridget in ihren Dessous vor ihm. Obwohl Frederic immer Wert auf ein gelassenes und weltmännisches Auftreten legte, verlangte nun eine andere, triebhaftere Seite in ihm nach Aufmerksamkeit.

Frederic führte Bridget zum Strafbock: Dieses Modell erlaubte eine kniende Position auf gepolsterten, schwarz-glänzenden Oberflächen. Mit dem Oberkörper hatte man sich auf eine leicht abwärts geneigte Unterlage zu legen, die Arme fanden seitlich und unterhalb des Oberkörpers auf extra dafür vorgesehenen Lehnen eine bequeme Position. Im Bereich des Beckens hatte dieser Strafbock eine Ausnehmung, wie sie auf normalen Massagebetten für den Kopf bzw. das Gesicht üblich waren. Auf diese Weise konnten die Delinquenten gleichzeitig von vorne wie von hinten einer lustvollen Folter unterzogen werden.

Bridget stockte ein wenig der Atem und gleichzeitig fühlte sie ihre übersprudelnde Lust: Schon hatte sich eine Handvoll Schaulustige eingefunden, und es waren nicht nur Männer. Voyeuristen würde nun etwas geboten werden, das war unschwer zu erkennen. Bridget nahm kurzerhand einer rothaarigen Frau ihre Wodkaflasche aus der Hand und nahm einen kräftigen Schluck. Sie hatte das Gefühl, diese Stärkung zu benötigen, um die bevorstehende, öffentliche Sexualfolter über sich ergehen lassen zu können.

Frederic schritt nun zu Tat. Er brachte Bridget in eine ungemein unterwürfige und verletzliche Position. Ihr Po ragte frech nach oben, ihre Schenkel waren gespreizt. Frederic fixierte Bridget an Hand- und Armgelenken und begann, mit bloßer Hand und wohldosierten Schlägen auf den Po, sie in Stimmung zu bringen.

Doch Bridget war sexuell schon längst auf Hochtouren. Spätestens, nachdem die Zaubertränke ihre Wirkung entfaltet hatten, sehnte sie sich nach der Befriedigung ihrer Lust. Schon nach ein paar Schlägen auf den Hintern breitete sich Ungeduld in Bridget aus: Sie signalisierte dies Frederic, indem sie provokant mit dem Po wackelte.

Frederic war routiniert und erfahren genug, um Bridgets Körpersprache zu verstehen. Er wechselte die Gerätschaften und verschärfte die Gangart. Die Schmerzen nahmen zu, gleichzeitig war Bridget auch erleichtert, weil sich diese sexuelle Begegnung endlich intensiver anfühlte. Als Frederic begann, ihr einen Analplug in den Arsch zu schieben, fühlte Bridget eine Form von Erleichterung. Sie wollte aufs Ganze gehen, den totalen Kick und keine halben Sachen. Heute war nicht die Nacht für Blümchensex.

Frederic schlug inzwischen mehr als beherzt zu, Bridget fühlte den Schmerz und wandte sich vor Lust. Anerkennende Kommentare drangen an ihr Ohr. Offensichtlich waren einige Gaffer von ihren Nehmerqualitäten und ihrem Lustpotential beeindruckt.

Frederic ersetzte den Plug durch ein größeres Modell und wieder erntete Bridget wohlwollende Kommentare, als sie das imposante Sexspielzeug mit Leichtigkeit in sich aufnahm. Frederic beließ es aber nicht dabei, denn er schob ihr nun auch noch ein vibrierendes Etwas in ihren Spalt. Das Ding mochte zwar klein sein, entfaltete aber augenblicklich eine ungeheuer stimulierende Wirkung. Sofort war Bridget auf einem noch viel höheren Lustniveau. Sie schwitzte und stöhnte und als Frederic wieder das Paddel in die Hand nahm und seine Bestrafung fortsetzte, schrumpfte Bridgets Wahrnehmung und ihr Fühlen weiter zusammen: Alles in ihr hatte sich hochgradig, fast tranceartig darauf fokussiert, die sexuellen Reize, die ihr geboten wurden, auszukosten.

Bridget bekam von den Gaffern und Voyeuristen kaum noch etwas mit. Auch nahm sie kaum wahr, dass ihr immer wieder Flaschen an den Mund geführt wurden. Ihr war tatsächlich heiß und sie hatte riesigen Durst, doch es war nicht immer Wasser, wenn sie was zu trinken bekam. Kurz hatte sie einen Joint zwischen den Lippen. Bridget hatte sich längst mit allen Fasern ihres Körpers ausgeliefert: Sie empfing alles, was ihr angeboten wurde, gierig und hingebungsvoll. Es gab keine Vorbehalte mehr, Ängste oder Einwände – sie nahm alles, was sie kriegen konnte… Sie wollte an ihre Grenzen gehen und sie vertraute darauf, dass Frederic dafür sorgte, dass die Grenzüberschreitungen nicht zu weit gingen…

Nachdem Bridget einen heftigen Orgasmus erlebt hatte, befreite Frederic sie aus ihrer Zwangslage. Die neugierige Meute zerstreute sich rasch auf machte sich auf die Suche nach der nächsten lohnenswerten Sehenswürdigkeit. Bridget war benommen. Die Folter und die Flüssigkeiten, die man ihr eingeflößt hatte, zeigten ihre Wirkung. Frederic nahm sie in die Arme und langsam beruhigte sie sich. Sie genoss die Stärke und die Wärme, die von Frederic ausging. Dieser führte sie in ein Separee. Dort gab es sogar eine Dusche. Das warme Wasser weckte wieder ihre Lebensgeister.

Als sie aus der Dusche stieg, reichte ihr Frederic einen schwarzen Satin-Bademantel. Bridget schlüpfte dankbar hinein und schnürte das Band mit einem flinken Knoten um ihre Taille. Das Material fühlte sich angenehm kühl an und schmiegte sich wie eine zweite Haut um ihren Körper. Da dieser Bademantel recht kurz war, kamen auch ihre Beine zur Geltung. Als Frederic ihr dann auch Riemchensandalen mit hohen Absätzen hinstellte, begriff Bridget, dass sie eigentlich neu eingekleidet worden war: Der Satin-Bademantel war kein Bademantel, sondern ein schwarzes Minikleid aus Seide und hier, auf dieser Sexparty, war es völlig egal, dass sie darunter nichts trug. Gemeinsam mit den edlen Sandalen war sie perfekt für den Anlass gekleidet. Die edle Qualität der Materialen, das zurückhaltende Design und die gute Verarbeitung verliehen ihrem Look sogar eine gewisse Eleganz. Bridget fühlte sich wohl und kuschelte sich an Frederic, der es sich auf dem Bett bequem gemacht hatte.

Frederic war nun nicht mehr streng und unnachgiebig, sondern wieder höflich und zuvorkommend. Er brachte Bridget einen heißen Tee und ein paar Snacks, dieses Mal kamen sie aber nicht aus der Molekularküche. Bald merkte Bridget, dass ihre Benommenheit deutlich nachließ. Nun waren es nicht mehr Sexualhormone, die ihren Körper fluteten, stattdessen hatte sich Entspannung und Wärme breitgemacht.

„Wie fühlst du dich?", wollte Frederic schließlich wissen.

„Sehr gut!", gab Bridget zufrieden zurück. Sie war unschlüssig, ob sie die Party ausklingen lassen sollte oder ob sie noch ein paar Eindrücke sammeln wollte. Frederic beendete ihre Überlegungen:

„Hast du Lust, den Gastgeber dieser Party kennenzulernen? Ich will ihn dir unbedingt vorstellen: Er ist reich, hat Stil und ich bin sicher, dass er dir gefällt. Er ist ein Freund von mir und ich weiß, dass er attraktive Frauen sehr schätzt!"

Bridget fand, dass das ziemlich interessant klang. Hatte aber Sophie nicht gesagt, dass niemand den Gastgeber kennen würde?

„Ich dachte, niemand kenne den Gastgeber?", fragte Bridget deshalb. Ein wenig schwer war ihre Zunge doch noch, bemerkte Bridget, als sie die Frage stellte.

Frederic sah sie kurz schweigend an. „Bin ich etwa Niemand?", sagte er schließlich grinsend, nahm Bridget an der Hand und führte sie aus dem Separee.

KAPITEL 19: DER GASTGEBER

Frederic führte Bridget zurück zur Treppe, auf der sie in den ersten Stock gelangt waren. Dieses Mal aber wandten sie sich der nach oben weiterführenden Stiege zu. Hier war ein Absperrband gespannt worden, zusätzlich sorgten zwei Securities dafür, dass die Absperrung von den zunehmend ausgelassenen und übermütigen Gästen respektiert wurde. Als die beiden Hünen der Sicherheitsfirma Frederic erblickten, klickte einer der beiden sogleich das Absperrband aus dem metallenen Steher und ließ sie passieren.

Im zweiten Stock war es viel ruhiger. Der Partylärm klang viel gedämpfter und mit Ausnahme einer Servierdame war niemand zu sehen. Auch die Beleuchtung war viel sparsamer. Es herrschte ein seltsamer Kontrast zum Getümmel in den unteren Stockwerken. Bridget merkte, dass es ihr hier viel leichter fiel, tief durchzuatmen.

„Hier entlang!", sagte Frederic und führte Bridget den Flur entlang auf eine hohe Tür zu. Ohne zu klopfen betraten Frederic und Bridget den Raum. Dieser war ganz anders eingerichtet als der Rest der Villa: Viel zurückhaltender im

Design, kein Kitsch, mehr Eleganz. Eine stilvolle Couchlandschaft mit Cocktail-Tisch dominierte die Mitte des Raumes. Ein kleine, offene Bar auf Rädern stand neben einer Couch – sowas kannte Bridget bisher nur aus alten amerikanischen Schwarz-Weiß Filmen mit Gary Cooper oder Jimmy Steward. Eine altmodische Stehlampe war die einzige Lichtquelle in diesem großen Raum. Sie stand in ihrer zeitlosen Klassik in angenehmem Kontrast zu den modernen Einrichtungsgegenständen.

An einer der drei großen Glastüren, die auf einen Balkon zu führen schienen, stand, mit dem Rücken zu ihnen gewandt, ein elegant gekleideter, schlanker Mann mit dunklen Haaren.

„Darf ich vorstellen…", begann Frederic, doch Bridget hatte den Mann längst erkannt: Es war Dimitri.

…mein alter Freund, Dimitri Wolkov!", hörte Bridget Frederic noch sagen. Sie schenkte ihm aber schon längst keine Aufmerksamkeit mehr.

Dimitri hatte sich umgedreht und Bridget fühlte Armors Pfeil so stark wie kaum zuvor. Ihr Herz raste und schlagartig war sie wieder da, diese sexuelle Grundstimmung, der sie so gern und so oft nachgab. Von ihrer gelassenen Entspanntheit, die sie nach der Dusche im Separee gefühlt hatte, war nichts mehr übrig.

Dimitri sah ernst aus. Er lächelte nicht. Er begrüßte Bridget auch nicht. „Schön, dich zu sehen, Frederic!", war alles, war er über die Lippen brachte. Es klang reserviert und kühl. Bridget spürte eine leichte Verunsicherung, die von ihrem Kopf zu ihrem Herz wanderte und ihr Wesen in eine Art Abwehrbereitschaft versetzte.

Dimitri kam langsam auf sie zu. Noch immer kein Lächeln, keine Begrüßung.

Nun war Dimitri etwa einen Meter von ihr entfernt. Er schien sie zu inspizieren, von oben nach unten. Dabei ging er langsam im Kreis um sie herum, bis er wieder vor ihr stand.

„Du lässt dich gehen!", sagte er dann abfällig und kühl. Bridget war verwirrt und verunsichert.

Dimitri kam näher und griff ihr kräftig an den Arsch. „Hast du zugenommen?", fragte er dann hämisch. Es war nun offensichtlich, dass er sie demütigen wollte. Bridget wollte dies nicht zulassen, trotzdem berührte sie die abfällige Bemerkung über ihr Gewicht mehr, als ihr lieb war. Spielte Dimitri nur ein Rollenspiel oder war es ihm ernst? Irritiert stellte Bridget fest, dass sie Dimitris grobes Getue anmachte.

Dimitri schwieg, Bridget hielt den Atem an. „Du siehst mitgenommen aus.", legte Dimitri nach. „Zuviel Alkohol, zu viele Schwänze, nehme ich an!" Nun war er ganz nah an Bridget herangetreten. Er zog etwas aus seiner Sakko-Tasche. Mit Entsetzen erkannte sie, dass Dimitri nun eine Packung Camels in der Hand hatte. Er hielt ihr die Packung hin „Deine Lieblingsmarke, stimmt`s?", sagte er dann. „Für wen rauchst du diese stinkenden Dinger nochmal?", fragte er und Bridget wusste sofort, dass Dimitri die Antwort längst wusste. Dimitri tat so, als müsste er nachdenken. „Ach ja, jetzt fällt es mir wieder ein! Anatol! Mein lieber Freund Anatol." Dimitri schien sich in Rage zu reden. Er legte die Zigaretten auf den niedrigen Couchtisch. „Wir sollten ihn vielleicht bei seinem richtigen Namen nennen: Thorstenson. Jakob G. Thorstenson vom Auslandsgeheimdienst. Ich habe doch recht, Bridget?"

Bridget sagte nichts. Natürlich hatte sie Dimitri nie von ihrer Begegnung mit Anatol bzw. Jakob erzählt. Dimitri wusste trotzdem alles, und das war angsteinflößend.

„Du vögelst diesen Verräter in der Wohnung, die ich dir geschenkt habe?", fragte Dimitri erzürnt. Wieder rief sich Bridget das Unfassbare ins Bewusstsein: Dimitri wusste jedes Details, einfach alles.

„Ich schenke dir eine Wohnung, die mich fast eine Million gekostet hat und dabei hätte ich dich um 10.000 Dollar haben können?" Dimitri klang nachdenklich. „Es sind doch 10.000 Dollar, die du für sie hinlegen musst, Frederic?" Frederic nickte zustimmend. Wieder schein Dimitri seine nächsten Worte genau abwägen zu wollen.

„Es gibt dir also einen Kick, wenn du dich verkaufst? Ist es so?" Dimitri zog ein Bündel Geldnoten aus seiner Geldtasche und legte die Scheine zu den Zigaretten auf den Tisch. Wieder trat Dimitri ganz nah an sie heran. Ihre Nasenspitzen berührten sich fast. Sie spürte seine Wärme, seinen Duft und ihre eigene, unbändige Lust. „Hast du einen Vorschlag, wie du das alles wiedergutmachen kannst?", fragte er schließlich.

Dieser letzte Satz klang ganz anders. Er lächelte sie an und sein Blick war warm und voller Zuneigung. Plötzlich begriff Bridget, dass Dimitri nur ein Spiel gespielt hatte. „Ich mache alles, was du von mir verlangst, Meister!", sagte sie schnell. Blitzschnell war Bridget in die Rolle der Submissive gewechselt.

„Hinknien!", sagte Dimitri nur. Er entledigte sich seiner Hosen und präsentierte ihr seinen Schwanz. Dimitri deutete Frederic, es ihm gleichzutun. Wenige Augenblicke später bearbeitete Bridget kniend die zwei hochgradig erregten, steifen Glieder

der neben ihr stehenden Männer: Während sie einen Schwanz lutschte, massierte sie den anderen und umgekehrt. Bald übersiedelten die Drei auf die Couch. Keinem der drei war nach langgedehntem Sexualverkehr – alle gierten nach dem schnellen Orgasmus. Letztlich ergoss sich Dimitri in ihrem Schoss, Frederic nach einem Busenfick zwischen ihren Brüsten und Bridget selbst erklomm nach geschicktem Fingerspiel ihres Dimitri den Höhepunkt.

Kaum eine halbe Stunde, nachdem Bridget und Frederic in Dimitris Salon gekommen waren, saßen die drei fröhlich plaudernd beisammen: Der Sekt floss in Strömen und kostspielige Trüffel-Brötchen waren serviert worden. Eineinhalb Stunden später, es war bereits 4:30 am Morgen, waren alle drei ziemlich betrunken. Als Dimitri und Frederic dann begannen, Zigarren zu rauchen und Bridget nötigten, auch ein paar Mal zu paffen, wurde es Bridget zuviel. Das schwere, rauchige, irgendwie nach altem Leder und feuchter Erde riechende Aroma verursachte eine heftige Übelkeit in ihr. Als Bridget bemerkte, dass sie dieser Übelkeit auch mit ihrer Selbstdisziplin nichts entgegensetzen konnte, war es schon zu spät: Eruptiv kotzte sie die ganze Molekularküche, die Zaubertränke, die Cocktails und die Trüffelbrötchen auf den edlen Teppich. Frederic sprang schwankend auf und rief mit Begeisterung „ C'est décadent! C'est décadent!" und Dimitri stöhnte nur „Oh mein Gott, oh mein Gott!". Er bot Bridget wenigstens seine Hilfe an. Frederic hingegen kriegte sich gar nicht mehr ein: „Sie kotzt ein Auto, sie kotzt tatsächlich ein Auto! Was für eine kostspielige Frau!" Dann fiel er erschöpft zurück ins Sofa.

Bridget wusste, was Frederic meinte: Der teure Sekt, die vermutlich höchstpreisigen kulinarischen Kreationen, die selten Cocktails, der Trüffel. Das alles war sicher höchst kostspielig gewesen, und sie war alles auf diese dekadente Weise wieder losgeworden. Wenigstens hatte sie das Collier, dass ihr Frederic bei Cartier gekauft und welches sie den ganzen Abend getragen hatte, nichts abbekommen.

„Bridget, Bridget!", sagte Dimitri kopfschüttelnd - er lächelte dabei aber nachsichtig. Kurz schämte sich Bridget. Was hier abging, war tatsächlich der Höhepunkt der Dekadenz gewesen. Ihre Gewissensbisse währten aber nur kurz, nur sehr kurz. Den schon manifestierte sich in ihr der Vorsatz, eines Tages dies alles hier noch zu übertreffen. Jetzt war aber nicht die Zeit dafür. Jetzt wollte sie sich erstmal erholen und dann zurück in ihr anderes Leben. Und das bedeutete, dass sie in wenigen Stunden im Flugzeug sitzen und zu Nate und Sarah reisen würde. Die beiden warteten schon auf sie!